처음부터
엄마는
아니었어

처음부터
엄마는
아니었어

장수연 에세이

어크로스

오늘은 네 속도에 맞춰볼게.

추천사

어떤 글은 조심스러우면서도 끈질기고, 어떤 글은 간명하면서 힘차다. 하지만 이 책에 담긴 모든 글에는 또렷한 공통점이 있다. 정직한 문장들이 주는 신뢰 속에서 나는 내내 고개를 끄덕인다.

좋은 이야기는 친밀감을 경험하게 할 수 있을 정도로 충분히 작고, 연대감을 느끼게 할 수 있을 정도로 충분히 크다. 여기엔 이상주의자인 여자가 현실주의자인 남자를 만나 가정을 이루고 두 딸을 키우며 겪는 시시콜콜한 일화들이 다정하게 담겨 있다. 동시에 한국 사회에서 한 여성이 다양한 역할을 수행하며 겪었던 부조리와 난관에 대한 명확한 문제의식이 굵직하게 새겨져 있다.

차를 마시며 천천히 이 책을 읽다 보니, 늦은 오후 햇살이 투명하게 비치는 작은 카페 유리창 옆자리에 앉아 조곤조곤 전해오는 저자의 말에 귀를 기울이고 있는 듯하다. 몸이 점점 따뜻해진다.

이동진

(영화평론가, MBC 라디오 〈푸른밤 이동진입니다〉 진행자)

시간은 놀랍게도 빠르게 간다. 장수연 PD를 처음 만났을 때 그는 아이가 없었다. 아이가 없을 뿐 아니라 아이와는 영 어울리지 않는 인물이었다. 그런데 지금은 아이 둘을 키우고, 그들의 엄마임을 자랑스러워하고 있다. 그는 요즘 엄마다. 자기 자신으로 살고 싶고, 자기 욕망을 존중받고 싶어 한다. 하지만 아이를 참 많이 사랑한다. 그는 엄마고, 여성이고, 장수연이다. 이 시대에 엄마로 산다는 것은 여전히 외롭다. 엄마의 목소리는 엄마다운 목소리만 인정받는다. 그래서 난 그의 글이 좋다. 솔직하고, 날 것이지만, 이 시대 엄마의 모습이다. 엄마는 이래야 한다는 말에는 고개를 돌리고 강요된 모성애는 거부하지만 여전히 아이를 사랑하는 엄마다. 나는 더 많은 엄마들이 자신감을 갖기를 바란다. 엄마는 이래야 하는 것은 없다. 당신이 바로 엄마다. 소중한 엄마다.

서천석
(소아정신과 전문의, MBC 라디오 〈여성시대 양희은, 서경석입니다〉 상담 진행자)

프롤로그

태풍이 지나가고

입사 7년 차, 첫아이가 네 살이 되고 배 속엔 둘째가 막 들어섰을 때 저는 육아휴직을 했습니다. 아이를 키우고 살림을 하는 틈틈이 평소 해보고 싶었던 각종 '쓸데없는 일'들을 하러 다녔죠. 아이가 어린이집에 가 있는 몇 시간의 자유가 꿀맛 같았습니다. 하원 시간이 어찌나 빨리 돌아오는지 아쉽기만 했어요. 그날도 광화문에 볼일이 있어 모처럼 외출했다가 그냥 집에 들어가기가 서운해 혼자 커피숍에 들렀습니다. 공부하는 대학생들, 데이트하는 젊은 남녀들, 노트북을 꺼내놓고 '전문가 포스'를 팍팍 풍기며 뭔가에 열중하는 사람들……. 그 사이에 끼어서 커피를 홀짝이며 책을 읽고 있으려니, 오랜만에 느껴보는 그 어른스럽고 진지한 분위기가 어찌나 황홀하던지요. 그러다 카페 화장실에 들어갔습니다. 화장실 쓰레기통은 어디나 그렇듯 흰색 휴지들로 가득 차 있었는데, 그 사이에서 꽃분홍색 무언가가 눈에 띄었습니다. 저게 뭐지 싶어 자세히 살펴보니…… 임신 테스트기가 들어 있던 상자였습니다.

카페 화장실에 버려진 임신 테스트기, 그게 제가 글을 쓰기 시작한 계기입니다. 집이 아닌 카페 화장실에서, 그것도 시내 한복판에 있는 사람 많은 커피숍에서 임신 테스트를 해보는 여자의 심정, 아마 모르긴 몰라도 아이를 기다리는 설레는 마음은 아니었을 겁니다. 불안하고 초조해서 급하게 테스트해봤을 가능성이 크지요. 저도 비슷했으니까요.

처음 아이를 가졌다는 걸 알고 저는 '수술'을 예약했던 전력이 있습니다. 저는 제가 그 수술을 감행할 수 있을 줄 알았습니다. '초음파로 아기의 심장 소리를 들으니 도저히 못 지우겠더라'는 말, 솔직히 우스웠거든요. 부스스한 머리를 질끈 묶고 피곤에 절은 얼굴로 아이를 안고 "정말 행복해. 너도 낳아봐"라고 말하는 왕년의 알파걸들이 저는 별로 행복해 보이지 않았습니다. 여느 아가씨들처럼 저 역시 '아이를 낳아 기른다'는 것에 대해 현실감 있게 받아들인 적이 전혀 없다는 뜻이죠. 아마 세상의 많은 엄마들이 마찬가지일 겁니다. 태어날 때부터 엄마였던 사람은 없습니다. 저처럼 철없는 여자도 '아이가 생겼다'는 이유만으로 엄마가 됩니다. 아이를 처음 만났을 때의 감격, 키우는 기쁨, 끓어오르는 사랑 등 이른바 '모성애'의 감정들은 모두 천천히 스며들듯 찾아왔습니다. 적어도 저는 그랬습니다.

'아이를 지울까'를 진지하게 고민하던 워커홀릭 여자가 둘째를 갖고 일을 잠시 접을 정도로 변하는 데까지 불과 4년여가 걸렸습니다. 이 책은 그 시간에 관한 이야기입니다. 그다지 교훈적이거나 정보가 있는 책은 아닐 겁니다. 그런 게 없는 책이길 바랐습니다. 공중 화장실에서 급하게 임신 여부를 확인해야 했던 누군가에게 슬며시 말을 거는 마음으로 썼으니까요. 아이와 함께 울고 웃고 싸우고 후회하며 살았던 나와 내 가족의 정직한 기록물, 그저 그 정도면 좋겠다는 생각입니다.

그런 정도의 책이어도 세상에 내놓는 게 의미가 있을까, 좀 망설이기도 했습니다. '어떤 모자란 사람이 아이를 낳아 키우는 이야기'를 사람들이 읽어야 할 이유가 대체 뭐란 말인가 싶었거든요. 출판사와 덜컥 계약은 해놓고 뒤늦게 고민하던 즈음 편집자 분이 시어도어 젤딘의 《인생의 발견》이라는 책을 보내주셨습니다. 거기에 이런 구절이 있었습니다.

> 세상이란 우리가 각자 본 것을 말할 때, 모두가 흐릿한 횃불로 비출 때 드러나는 형체다.

이 글귀에서 저는 책을 내도 괜찮을 이유를 찾았습니다. 회사에 다니면서 아이를 키우고 있는 어떤 여자가 그동안 겪은 일들을 말하는 책, 이 흐릿한 불빛이라도 보태는 게 우리 사회가 어떤 모습인지 드러내는 데 일조할 거라고 훌륭하신 석학께서 말씀하시니, 약간 용기가 나는 것도 같습니다. 아마 그러라고 편집자 분이 이 책을 보내셨나 봅니다. 이런 참신한 방법으로 격려해주신 어크로스 강태영 편집자님과 김형보 대표님에게 새삼 감사하네요.

남편, 시어머니, 동생들, 무엇보다 내 두 딸들에게 별다른 양해를 구하지 않고 글을 썼습니다. 일본의 영화감독 고레에다 히로카즈도 그랬던 모양입니다. 영화 〈태풍이 지나가고〉에서 주인공인 소설가 료타(아베 히로시 분)에게 누나가 이런 말을 하는 장면이 나옵니다. "우리의 추억은 너만의 것이 아니다." 사실 이 대사는 고레에다 감독 자신이 누나에게 들었던 말이라고 하더군요.

> 예전에 에세이에 아버지가 빚을 진 이야기를 썼는데, 당시 누나가 나를 시부야 역에 있는 다방으로 불렀다. 그 글을 내밀면서 "우리의 추억은 너만의 것이 아니라 가족의 것이야"라고 무섭게 말했다. 그런데 그 순간에도 난 '아, 정말 좋은 말이다. 나중에 대사에 써먹어야지'라고 생각할 정도였다.
>
> — 변희원, "원했던 삶을 사는 어른은 얼마나 될까: 영화 〈태풍이 지나가고〉 고레에다 히로카즈 감독" 중에서

저 역시 가족에게 "우리의 추억은 너만의 것이 아니야"라는 말을 들을지도 모릅니다. 나중에 하율이와 하린이가 커서 책을 읽을 수 있게 되면 어떻게 생각할지, 설렘 반 두려움 반의 마음입니다. 남편에게도 마찬가지입니다.

그동안 블로그에 글을 올리면서 남편에게 '절대 보지 말라'고 했습니다. "내가 인세 수입으로 가계에 보탬을 주길 원한다면 가정 내 언론의 자유를 보장하라"고 농담처럼 말했지만 사실 남편이 글을 읽고 서운해하거나 상처를 받을까 겁났기 때문이었습니다. 특히 시어머님에 대한 글이 그랬습니다. 그가 그 글을 읽었는

지 안 읽었는지 저는 모릅니다. 안 읽었다고 말해줘서 그 말의 진위 여부와는 상관없이 너무 고마웠습니다.

종종 남편이 태산처럼 든든합니다. 그의 지지 덕분에 이 책을 완성할 수 있었습니다. 그를 깊이 사랑하고 존경합니다. 남편에 대해 책에서 얘기한 그 어떤 말보다도 이 말이 진심입니다.

하율이와 하린이를 함께 키워주신 세 여성에게 감사합니다.

이명숙 여사님.

김숙용 여사님.

이미옥 여사님.

이분들 덕분에 우리 부부는 회사에 다닐 수 있었고 이 책도 나올 수 있었습니다.

두 동생에게도 사랑과 감사의 마음을 전합니다.

너희 때문에, 너희가 너무 큰 위로가 되어서, 나는 종종 '셋째도 낳을까'를 진지하게 고민한단다.

그리고, 하율이와 하린이,

사랑해.

차례

3 언제나 타인

4 귀를 기울이면

1
너의 이름은

이제까지의 나라면
절대 하지 않았을 일

2011년 초여름이었다. 금요일 밤, 여의도 맥줏집의 야외 테이블에서 여느 때처럼 회사 동료들과 맥주를 마시고 있었다. 그런데 그날따라 이상했다. 평소 내 주량의 반의반도 마시지 못한 상태였는데, 이상하게 술이 목구멍으로 넘어가지 않았다. 담배도 맛이 없었다. 몸이 안 좋은가? 평소보다 술 마시는 속도가 시원치 않자 같이 마시던 사람들이 핀잔을 주며 잔을 비우라고 재촉했다. 울렁거리는 속을 억지로 다독이며 꿀꺽꿀꺽 소맥을 부어 넣었다. 그리고 집에 오는 길, 늦게까지 문을 연 약국이 있기에 들러서 임신 테스트기를 샀다. 왜 임신 테스트기를 살 생각을 했는지는 지금도 미스터리다. 내가 임신을 했을 거라고는 상상도 못 했을 때였는데.

다음날 아침 일어나자마자 화장실로 들어가 테스트를 해보았다. 테스트기는 빠른 속도로 두 줄로 바뀌었다. 너무 순식간에 두 줄이 되는 바람에 처음에는 '아, 두 줄이 임신이 아니라는 뜻인가? 내가 잘못 알고 있었나?'라고 생각했다. 설명서를 꺼내 다시 천천히 읽어보았다. 두 줄은, 임신이었다.

심장이 쿵 떨어졌다. 무언가 큰일이 벌어지고 말았다는 불안감이 배꼽 밑에서부터 올라왔다.

다시 테스트기를 보았다. 두 줄이었다. 설명서를 보았다. 두 줄은, 임신이었다.

거실로 나와 남편에게 테스트기를 보여주었다. 끔뻑끔뻑. 이 물건을 왜 내게 들이미느냐는 듯한 표정이었다. 남편도 몇 분 전의 나처럼 이게 무슨 뜻인지 알아채는 데 시간이 필요했다.

"임신……이야?"

겨우 사태를 파악한 남편에게 나는 선언하듯 말했다.

"지울 거야."

남편에게 하는 말이라기보다 사실은 스스로에게 하는 다짐이었다.

"지울 거야. 우리가 어떻게 키워."

남편은 크게 내키는 눈치는 아니었지만, 그래도 내 뜻을 존중해주었다.

내가 그렇게 쉽게 '수술'을 생각했던 이유가 몇 가지 있었다. 당시 우리는 '사실혼' 관계였다. 결혼 날짜를 잡고 예식을 한 달쯤 남겨두었을 때 아버지가 큰 교통사고를 당하셨다. 생사의 기약 없이 의식을 잃은 채 병원에 누워버린 아버지를 두고 우리 가족은 모두 황망했다. 그 와중에 제일 먼저 이성을 찾은 건 사고뭉치 남편과 30년간 살며 내공이 쌓여버린 엄마였다. 엄마는 내게 결혼을 예정대로 치르자고 했다. 그러나 나는 결혼식을 치르면 아버지가 다시는 일어나지 못할 거라는 사실을 인정하는 것만 같아서 차마 그럴 수가 없었다. 물론 당시 나를 포함한 그 누구도 아버지의 건강이 회복되어 내가 아버지의 손을 잡고 예식장에 들어갈 거라고는 믿지 않았다. 그래도 아버지를 조금은 기다려주고 싶었다. 깨어났을 때 큰딸의 결혼식이 모두 끝나 있다면 아버지의 허탈감이 너무 클 것 같았다.

다행히 남편과 시어머니는 이해해주셨고 우린 결혼하기로 했던 날짜 즈음에 교회에서 목사님을 모시고 가족들과 간단히 예배만 드린 채 계약해둔 신혼집에 들어갔다. 결혼식도 혼인신고도 없이 살림을 합쳐버린 우리는 농담 반 진담 반으로 '사실혼' 관계라고 말하고 다녔다. 예배 다음날, 필리핀 세부로 간단히 '사실혼 기념 여행'을 떠났는데, 바로 그 여행에서 아이가 생긴 것이다. 망할 동남아 불량 콘돔.

깔끔하게 정리되지 않은 결혼 상태인 것도, 회사에서 내가 이룬 성과가 별로 없다는 것도, 결혼 준비로 빚더미에 올라앉은 우리의 재정 상태도, 어느 것 하나 마음에 걸리지 않는 게 없었다. 무엇보다 나와 남편 모두 아이에 대한 생각을 단 한 번도 해본 적이 없었다. 아이를 낳기에 우리 부부는 모든 게 엉망진창이었다. 아이는 준비된 사람들이 키우는 게 맞지 않은가? 전혀 준비도 안 돼 있는데 단지 생겼다는 이유만으로 낳는 건 무책임하지 않은가? 무엇보다 나는 결혼하면서 '아이 없이 인생을 즐기는 쿨한 부부' 생활을 꿈꾸었단 말이다!

그날 바로 남편과 함께 산부인과에 갔다. 좋은 병원을 알아보고 말고 할 것도 없었다. 그냥 집 근처 가까운 곳으로 갔다. 초음파 검사로 임신을 확인한 후 바로 수술 날짜를 잡았다. 다음 주 화요일에 하기로 했다. 왜냐하면 금요일에 남편과 함께 일본 도쿄에서 열리는 서머소닉 페스티벌에 가기로 예정되어 있었기 때문이다. 화요일에 수술을 하고 2~3일쯤 몸을 좀 추스른 다음 일본에 갈 생각이었다. 여행을 취소할 생각은 추호도 없었다. 내 의지와 상관없이 내 배 속에 들어앉은 무언가('누군가'도 아니고 '무언가'라고 당시엔 생각했었다) 때문에 내가 세워둔 계획이 어긋나는 걸 용납할 수 없었다. 나는 단호했다. 돌이켜보면 그땐 누구에게인지 모르게 화가 나 있었던 것 같다.

폭풍 같은 주말이 지나고 월요일이 되었다. 출근을 하자마자 나는 평소 신뢰하던 한 여자 선배를 찾아가 상황을 털어놓았다. 선배는 "그래, 아직 아기라고 보기도 힘들지 뭐" 하며 날 존중해주(는 척해주)었다. "그래도 이왕이면 좋은 병원에서 해야 하지 않겠어?"라며 자신이 잘 아는 산부인과 선생님에게 같이 가보자고 했고, 귀가 얇은 나는 다음날로 예정된 병원 예약을 취소한 뒤 선배를 따라갔다. 훗날 내가 첫딸 하율이를 낳은 산부인과였고 하율이를 받아주신 선생님이셨다.

의사 선생님은 매우 유쾌하면서도 예의 바른 분이셨다. 내 선택을 존중한다고 말씀하시면서 그런데 왜 아이를 지우려 하느냐고 물으셨다. "술과 담배를 너무 많이 했어요. 아마 아이가 건강하지 않을 거예요. 아이를 낳을 마음의 준비도 안 되었고요." 마음을 닫고 딱딱하게 대답하는 내게 선생님은 의학적인 설명을 사담과 곁들여 수다스럽게 늘어놓으셨다. "방송을 하다 보면 그럴 수 있죠. 아유, 의사들도 술, 담배는 만만치 않게 해요. 이틀 전에 마신 술 냄새가 오늘까지 날 때도 있다니까요. 그나저나 커피 좋아하세요? 제가 융드립으로 커피를 내리는데요……."

단연코 내가 만났던 모든 의사들 중 가장 말이 많은 분이었다. 진료실 안에서 선생님이 손수 내려주시는 커피를 마시며 술, 담배로 인해 아이가 건강하지 않을 거라는 걱정은 과하게 하지 않아도 된다는 이야기를 한참 동안 들었다. 그래도 수술할 거라면 아는 의사를 소개해주겠다면서 본인은 그런 수술은 하지 않는다는 말씀을 덧붙이셨다.

집에 돌아오니 남편이 거실에서 자고 있었다. 테이블 위에는 편지 한 장이 놓여 있었다.

"지난 토요일에는 사실 너무 놀라서 나도 우왕좌왕했어. 하지만 오늘 일찍 퇴근해서 기도하는 가운데 가닥을 잡을 수 있었어. 수술을 하려는 너를 막아야겠다는 생각을 굳게 가지게 되었지. 하지만 기도하다 보니 내가 굳이 막지 않더라도 네가 당연히 옳은 것을 선택하리라는 확신이 들었어. 하나님이 '수연이 그런 애 아니다'라고 하시더라. 그래서 기도를 중단하고 잠이나 자기로 했어."

수술하려는 나를 설득해본 적도 없으면서 내가 수술하지 않을 거라 믿고 있다니, 내 얘기를 뭘로 듣고!

하지만 이미 내 안에서 불편한 마음이 스멀스멀 피어오르고 있음을 부정할 수 없었다. 그런 쓸데없는 생각이 들기 전에 속전속결로 수술을 감행하려고 했는데! 의사 선생님과의 대화 그리고 남편의 편지를 계기로 머릿속이 복잡해져버렸다. 낳을까, 지울까. 오전엔 낳을 수 있을 것도 같다가 오후엔 이 무슨 말 같지도 않은 소리인가 싶었다. 어제까지 내가 살아온 방식대로라면 나는 가차 없이 병원에 가서 수술을 단행해야 옳았다. 간단한 일인데, 그러나 어쩐지 움직여지지가 않았다. 2011년 여름, 나는 그렇게 아이를 낳겠다는 결심도 하지 못하고, 그렇다고 아이를 지우는 수술도 차마 하지 못하면서 하루하루를 보냈다.

그렇게 우물쭈물, 어영부영, 얼렁뚱땅 엄마가 되었다. 정신을 차리고 보니 서른다섯에 애 둘을 가진 워킹맘이다. 상상한 적도, 선택한 적도, 준비한 적도 없는 것 같은데.

황당하기도 하고, 민망하기도 하다. 남편도 비슷한 마음이었는지 산후조리원에 있을 때 이런 편지를 써주었다.

"결혼 전 아이를 낳지 않겠다던 우리의 모습을 떠올리며, 그리고 지금 분유를 주겠다는 조리원 직원의 만류에도 굳이 모유 수유를 위해 밤잠을 쫓는 너의 모습을 보며 참으로 민망함을 느낀다. 사람의 자신감과 장담을 직접 꺾으시는 그분의 일을 통해서 오늘도 겸손하게 살아가야 함을 인정할 수밖에 없네."

사람이 사람을 변화시키는 건 불가능하다고 흔히들 말하지만 이렇게 아이는 존재하는 순간부터 나를 변화시켰다. 그리고 끝내 이제까지의 나라면 절대 하지 않았을 일, '아이 낳는 일'을 하게 만들었다.

첫 번째 결정

하율이를 낳고 산후조리원에 머물 때였다. 식당에서 산모들이 함께 모여 식사를 하는 스타일의 조리원이어서 '동료 산모'들과 자연스럽게 친해지게 됐다. "자연분만이에요, 제왕절개예요?" "진통은 몇 시간 했어요?" "무통주사는 맞았나요?" "병원은 어디였어요?" "젖은 잘 나와요?" 이런 단골 질문들을 주고받는 동안 우리 사이에는 '전우애' 비슷한 감정이 생겼다. 조리원은 그런 공간이었다. 남성들이 군대 이야기를 하듯이 산모들은 출산 후기를 나누며 '서로 같은 처지'라는 데서 오는 뜻 모를 애틋함을 느꼈다.

어느 날 아침 식당에서 밥을 먹는데, 옆자리에 앉은 산모의 표정이 좀 안 좋았다. 중학교 선생님이었던 그녀는 결혼하고 몇 년 만에 아이를 낳아 양가 집안의 격렬한 환호를 받고 있다고 했다. 전날 시부모님이 조리원에 면회를 왔다 갔다는 걸 알고 있었기에 나는 조심스레 무슨 일이 있었느냐고 물었다.

"시아버님이…… 아기 이름을 지어오셨는데……." 그녀는 울먹이며 이야기를 시작했다. 그해는 2012년 흑룡의 해였고 그녀의 아이는 딸이었다. '흑룡의 해에 태어난 딸'이라는 것에 큰 의미를 부여하신 그녀의 시아버지가 '해외로 뻗어나가는 이름을 지어야 한다'며 매우 글로벌한 이름을 두 개 가져오셨다고 한다.

하나는 힐러리 클린턴의 '힐러리', 다른 하나는 로라 부시의 '로라'. 문제는 남편의 성이 '조'씨라는 점이었다. 조힐러리, 음, 뭐, 그래, 그렇다 치고 조로라…… 조로라……? 음…….

삐질삐질 삐져나오는 웃음을 삼키며 그녀를 위로했다. "에이, 설마 진짜 그렇게 지으시겠어요? 남편한테 좀 말려달라고 해보세요." 그녀의 표정에서 충격과 공포, 불안의 감정이 고스란히 드러났다. 후에 조리원을 퇴소하고 나서 그녀에게 전해들은 아이의 이름은 '조안나'였다. 글로벌한 이름을 고집하는 시아버지로부터 그 정도의 양보를 얻어낸 게 남편으로선 최선이었다고 한다.

내 이름은 '장수연'이다. 나는 어릴 적부터 내 이름이 참 별로였다. 특별한 의미도 없고 부르기에 예쁘지도 않은 데다 흔하기까지 하다. 고등학교 때 반장을 한 적이 있었는데, 12개 반의 반장들 중에 '수연'이라는 이름이 나를 포함해 세 명이었다. 장수연은 절대 영화나 소설의 주인공이 될 수 없는 이름이라고 생각했다. 친척 동생 중에 이름이 외자로 '미'인 아이가 있다. 장미. 아…… 나는 그 아이가 정말 미칠 듯이 부러웠다. 나중에 아이를 낳으면 꼭 특별한 이름을 지어주겠다고 다짐했었다. 후보도 있었다. 하이안, 이가을, 뭐 이런 것들.

불행히도 내 남편은 하씨도 아니고 이씨도 아니다. 발음 예쁜 한씨나 민씨도 아니다. 딸의 이름을 짓기엔 너무도 딱딱한 발음,

권씨가 내 아이의 아빠가 되었다. 출생신고 기한인 한 달 내내 남편과 격론을 벌였다. 나는 특별하고 예쁜 이름, 들으면 쉽게 잊히지 않는 이름을 짓고 싶어 했는데 남편은 평범한 이름을 좋아했다. 남편이 애기했던 이름은 '권지수'였다. 지수. 영어로 하면 인덱스(index). 이 아이가 자랄수록 지수가 성장하는 거라며, 얼마나 기분이 좋겠냐고 말했다. 주식에 미쳐 있는 아빠가 이렇게 위험합니다, 여러분.

내가 주장했던 이름은 '권율'이었다. 예능 PD인 동기 언니가 지어준 이름이었는데, 그 언니 이름은 '허항'이다. 본인 이름만큼이나 독특하게 지어주지 않았나. 나는 '권율'이라는 이름이 참 마음에 들었다. '율'이라고 발음해보면 부드러운 듯 안정감이 느껴졌다. 여자 이름 같기도, 남자 이름 같기도 했다. 잘 잊히지 않을 이름, 상상력을 불러일으키는 이름이라고 생각했다. 나는 '권율'로 하자고 강하게 애기했다. 그런데 웬만하면 내 의견을 많이 따라주는 남편이 이 이름만큼은 극렬히 반대했다. 친구들이 놀린다고, 만약에 아이가 덩치라도 크면 어쩔 거냐고, 덩치 큰 여자애가 장군 이름을 갖고 있으면 얼마나 싫겠냐고 했다.

우리는 격렬히 토론했다. 어린 시절 놀림받는 게 뭐 그리 대수냐는 게 내 생각이었다. 나는 그 모든 게 이 아이의 정체성이 될 거라고 말했고 남편은 위축된 어린 시절이 성격에 미치는 악영향에 대해 이야기했다. '권하영'은 어떠냐는 그의 말에 내가 빽

하고 소리쳤다. "촌스럽게 영이 뭐야 영이!!" (세상의 모든 권하영 씨, 죄송합니다. 저의 '개취'입니다.) 드디어 디데이가 왔다. 내일까지 출생신고를 하지 않으면 벌금을 내야 했다. 그날 밤, 한 치의 양보도 없던 우리 부부는 남북대타협만큼이나 극적인 합의를 보았다. 권하영의 '하'와 권율의 '율'을 한 글자씩 따오기로. 그렇게 해서 우리의 첫딸은 권하율이 되었다.

둘째 하린이의 이름은 보다 수월하게 지었다. '하' 자나 '율' 자 중에 하나는 넣어서 자매 이름의 라임을 맞추고 싶었는데, '율'을 넣자니 좀 흔한 감이 있었다. 고민하던 중 술자리에서 뮤지션인 캐스커의 이준오 씨가 '하린'이는 어떠냐고 툭 던져주었고, 다 같이 "오!" 하고 감탄했다. 그런데 이틀 뒤, 동생이 "누나, 나랑 엄마랑 이름을 좀 생각해봤는데, '권하린'은 어때?"라고 하는 게 아닌가. 이것은 운명! 남편도 '하린'이 괜찮다고 해서 땅땅땅. 둘째아이는 권하린으로 부르기로 했다.

나중에야 아이의 이름을 엄마 아빠가 직접 짓는 경우보다는 작명소에서 받아오거나 할아버지가 지어주시는 경우가 더 많다는 것을 알게 됐다. 우리는 양쪽 집안이 모두 콩가루 집안이라 아버지의 권위가 세지도 않고 꼭 넣어야 하는 돌림자도 없었다. 뒤늦게야 우리는 그게 참 좋았다. 이름을 지으며 남편과 투닥투닥 언쟁을 벌이던 시간은 지금 생각해도 재미있는 기억이기 때문이다. 부모로서 앞으로 아이를 대신해 결정하게 될 많은 것들 중 첫 번째 결정을 내리면서 '이 아이가 정말 우리 자식이구나. 이름을 지으면서 격론을 벌였듯 우리는 앞으로도 이렇게 투닥거리면서 하율이를 키워가겠구나' 생각했다.

물론 그 중요도에 비해 좀 허무하게 이름이 결정되긴 했다. 한 명은 엄마 아빠 어느 쪽도 양보하지 않은 결과로, 한 명은 술 마시다가. 나중에 아이들이 자라면 은근슬쩍 개명을 종용할까 한다. 하율이는 권율, 하린이는 권린으로. 나는 아직 외자 이름에 대한 로망을 버리지 못했다. 율아. 린아. 입안에서 굴러가는 리을 발음이 참 예쁘지 않은가.

몸의 일기

아기를 낳고 얼마간은 예방접종이 가장 중요한 외출 스케줄이 된다. 특히 결핵 예방접종은 생후 4주 이내에 반드시 해야 한다. 피내용(주사형)과 경피용(도장형) 두 종류가 있는데, 피내용은 접종 후 한 달쯤 지나면 곪기 시작하다가 시간이 지나면 약간의 흉터를 남기고 아문다. 경피용 BCG는 접종 후 한 달이 지나면 작은 침 자국이 18개 생겼다가 3~5년 후에 거의 사라진다. 요즘은 흉이 적게 생기는 경피용 접종을 많이 하는데 일본에서 접종약을 수입하여 비용이 7~8만 원 정도다. 하지만 세계보건기구(WHO)와 대한소아과학회는 피내접종을 권장한다. BCG 백신의 양을 정확하고 일정하게 주입할 수 있기 때문이다(하정훈의 《삐뽀삐뽀 119 소아과》와 대한소아과학회 홈페이지 참고).

보통 소아과에서는 경피용만 취급하기 때문에 피내용을 맞히려면 보건소로 가야 하고 그나마도 한 번 주사약을 개봉하면 일정 수의 아이들에게 주사해야 하므로 사전에 접종 가능한 날짜도 확인해야 하는 번거로움이 따른다. 그래서인지 요즘은 거의 대부분의 엄마들이 경피접종을 선택한다. 만약 하율이가 피내접종을 하게 되면 또래 중에 어깨에 주사 자국을 가진 몇 안 되는 아이가 될 것이었다. 하율이의 BCG 접종을 앞두고 나는 어떤 종류를 맞혀야 할지 고민했다. 그리고 용산구 보건소에서 피내접종으로 BCG 예방주사를 맞혔다.

거칠게 요약하자면 '흉이 덜 지는 경피용' vs '효과적이고 안전한 피내용'의 선택이다. 나는 이것을 '흉터 없이 매끈한 삶'과 '내용(효과나 기능)에 집중하는 삶' 중 무엇을 추구할 것인가의 선택으로 받아들였다. 물론 비약일 수 있다. 경피접종도 효과나 기능이 담보돼 있기에 허가되었을 것이다. 하지만 예방접종이라는 건강 및 안전과 직결되는 문제에 대해서 대다수의 엄마들이 WHO나 대한소아과학회 같은 공인 기관이 권장하는 방식이 아닌 다른 방식을 선택한다는 것이 내게는 좀 이상하게 느껴졌다. 대한소아과학회가 권장하는 방식을 대부분의 소아과 병원에서 취급하지 않는 건 더 이상하고.

결국 하율이 팔뚝에는 선명한 흉터가 생겼다. 나중에 하율이가 커서 '왜 내 팔에만 주사 자국이 있느냐'고 물으면 나는 이 책을 읽어줘야겠다고 생각하고 있다. 프랑스 작가 다니엘 페나크의 《몸의 일기》라는 소설에서 주인공이 젊은 시절 연인과 사랑을 나누는 장면이다.

23세 16일 / 1946년 10월 26일 토요일

방금 전 사랑을 끝내고 엎드려 있을 때였다. 땀범벅에 녹초가 된 채 느긋한 맘으로 졸기 시작하는데, 등과 엉덩이와 목과 어깨 위로 시원한 물방울이 한 방울씩 불규칙적으로 떨어졌다. (중략) 쉬잔이 한 손에 물컵을 들고, 지뢰를 찾을 때처럼 집중한 채 손가락 끝으로 물을 뿌리고 있었다. 주근깨와 점들이 흩뿌려져 있는 그녀의 살갗은 별들이 빛나는 하늘이다. 난 볼펜으로 별자리를 그려놓았다. 큰곰자리, 작은곰자리……. 이번엔 네 차례야. 네 하늘도 좀 보자. 쉬잔이 말했다. 하지만 내 몸 위에는 아무것도 없다. (중략) 난 아쉬운데, 쉬잔은 자기 방식대로 해석한다. 넌 완전 신제품이구나.

좋은 섹스는 두 사람이 나눌 수 있는 가장 즐거운 유희이고 더 좋은 섹스는 서로의 영혼을 위로하며 상처를 치유한다. 책을 읽으며 나는 오래 전 사랑하는 남자와 처음으로 함께 밤을 보냈던 날을 떠올렸다. 서로의 몸을 바라보고 만지며 내가 어떤 사람이고 어떻게 살아왔는지, 어릴 적엔 어떤 아이였는지 이야기를 나누던 시간, 이상한 모양의 점을 찾아내 킥킥대기도 하고 내가 볼 수 없는 위치에 있는 사마귀의 존재를 알게 되기도 했던 그 특별한 밤 말이다.

내 남편은 어깨에 화상 흉터가 있다. 어릴 적 집에 혼자 있다가 난로에 덴 거라는 그의 설명을 들으며, 병원에 곧장 데려갈 사람도 없던 그의 외로운 어린 시절을 상상할 수 있었다. 덤벙대는 성격인 나는 다리에 넘어진 자국이 많다. 콤플렉스라면 콤플렉스인 그 상처들을 따뜻하게 바라보는 그의 눈빛에 나는 위로를 받았다. 우리 몸에 남아 있는 흉터는 우리가 살아온 역사로서 우리의 사랑을 더 풍성하게, 더 즐겁게 해주었다.

흉터 없이 깨끗한 몸보다 삶의 흔적이 남아 있는 몸이 더 재미있다. 모든 자국을 지운 매끈한 몸을 만들기 위해 많은 돈을 쓰는 시대, 그걸 아름다움이라 여기고 그런 몸의 여자를 예쁘다고 말하는 시대, 내 딸들은 자기 몸의 흉터를 긍정하는 여자로 자라기를 바란다. 몸만 나누는 연애보다는(물론 가끔은 그런 연애도 재미있겠지만) 상처를 공유하는 사랑을 경험했으면 한다. 소설《몸의 일기》의 인물들처럼 서로의 몸에 있는 점으로 별자리를 만들며 킥킥대는 것은 성인이 나눌 수 있는 엄청나게 재미있는 장난이지 않은가.

이런 이야기를 어느 선배에게 했더니 그가 말했다. “그렇다고 일부러 흉터를 만들어줄 필요가 있나?” 아, 그런가? 아무튼 그때 나는 생후 4주 된 아기의 예방접종을 앞두고 이런 복잡한 생각을 했던, 의욕 과다 초보 엄마였다.

나는 처음부터
네가 아니었다고

둘째를 임신했을 때 하율이는 네 살이었다. 제법 조리 있게 말을 하기 시작했고 취향이나 자기주장도 점점 세져갈 무렵이었다. 같이 대화를 나누는 재미가 쏠쏠해서 좋긴 한데, 점점 설득하기가 쉽지 않았다. 하루는 하율이가 양말을 짝짝이로 신었다. "하율아, 양말 잘못 신었네? 갈아 신어"라고 했더니 하율이가 그런다. "아니야, 이렇게 신어야 재미있어서 그런 거야." 결국 그렇게 어린이집에 갔다. 어느 날은 팬티 두 장을 겹쳐 입기도 했고, 일주일 내내 그림책에 나온 옷과 비슷한 스웨터를 입기도 했다. 핫핑크 티셔츠 위에 초록색 스웨터를 입은 딸을 보며 나는 속으로 절규했다. 딸 가진 엄마의 로망, '북유럽 스타일의 원피스'는 서랍장에서 나올 일이 없었다.

'이게 재미있어서 그런다'는 딸에게 나는 딱히 반박할 말을 찾지 못했다. 마음에 안 들어도 어쩔 도리가 없었다. 하율이를 보며 배 속에 있는 둘째의 태동이 새삼스러웠다.

임신과 함께 찾아오는 반갑지 않은 증상들—입덧, 수면장애, 우울감—은 여러 모로 괴롭지만, 이따금씩 '다시 한 번 임신을 하고 싶다'고 생각하게 만드는 그리운 느낌이 있다. 태동이다. 태동. 배 속에서 느껴지는 이 이물감을 경험하지 않은 사람에게 설명하기란 정말 어렵다. 배 속에서 뭔가 꾸물거리는 데 이게 소화가 안 될 때 장이 꾸르륵거리는 것과는 차원이 다르다. 내 손으로 내 발바닥을 간지럽히는 것과 남의 손이 내 발바닥을 간지럽히는 건 엄연히 다르지 않은가. 태동은 너무나 명백히 '다른 존재가 나를 건드리는 느낌'이다. 보통 타인으로부터 오는 촉각적 자극은 피부를 거치게 마련인데, 태동은 내부에서부터 온다. 말하자면, 누군가가 내 배를 건드리는 그 느낌이 피부 바깥이 아닌 배 안으로부터 느껴진다고나 할까.

때로는 '꿀렁' 하고 때로는 '퍽' 한다. 욕조에 물을 받아 목욕을 하고 있노라면 배 속에서 아이가 움직여 목욕물이 출렁출렁 파도친다. 아이가 끊임없이 '엄마, 나 여기 있어요' 하는 것 같다. 태동을 느낄 때마다 이 아이가 자신의 육체를 가지고 있는, 나와는 별개의 존재라는 것을 실감하게 된다. 그렇지. 네가 내 배 속에 있을 때조차도, 너와 내가 한 몸이었을 때조차도 넌 나와 '다른 개체'였는데, 넌 처음부터 내 것이었던 적이 없는데, 어쩌자고 난 자꾸 네가 내 마음대로 안 된다고 답답해하는 걸까.

육아 전문가들은 '위험한 것이 아니면 기본적으로 아이의 의사를 따르는 것을 원칙으로 하라'고 조언한다. 하율이가 양말을 짝짝이로 신거나 팬티를 두 장 입거나 같은 스웨터를 일주일째 입는 건 위험한 일이 아니다. 머리로는 아는데, 반사적으로 "하율아, 그러지 말고……"라는 말이 튀어나온다. 며칠 전 친구가

"너, 나중에 하율이가 커서 음악 한다고 하면 허락할 거야?" 하고 묻기에 "내가 뭐라고 허락을 해. 아이 인생이 내 것은 아니잖아" 하고 대답했었다. 실제로 나는 아이의 직업이나 배우자나 진로에 대해 내가 허락할 권리는 없다고 생각한다. 내 대답에 감탄하는 친구를 보며 '아, 이렇게 열린 생각을 가진 부모라니!' 하고 스스로 뿌듯했는데, 20년 뒤 아이의 선택을 존중할 자신은 있으면서 오늘 아침 아이가 고른 옷을 받아들이지는 못하는 게 나의 현실이다.

그렇게 하율이가 마음대로 되지 않아 절로 어금니에 힘이 꽉 들어갈 때마다 내가 떠올리는 다큐멘터리 장면 하나가 있다. 한창 프랑스 육아가 열풍일 때 보았던 EBS 다큐멘터리인데, 도입부가 아주 인상적이었다. 프랑스의 한 가정을 방문한 제작진은 유치원에 다니는 아이를 둔 엄마의 아침 풍경을 보여준다. 아이는 멋진 금발을 허리까지 길렀고 엄마가 그 머리칼을 곱게 땋아 준다. 그리고 흐르는 내레이션. "○○○은 올해 여섯 살 된 남자아이입니다." 엥? 머리를 저렇게 길렀는데 남자아이였어? 의아해하는 사이, 제작진이 엄마에게 묻는다. "왜 ○○○은 머리를 기르는 거죠?" 엄마는 직접 대답하지 않고 아이에게 질문을 넘긴다. "○○○야, 너 왜 머리를 기르지?" 아이가 대답한다. "발끝까지 머리를 길러보고 싶어서요." 엄마는 카메라를 향해 고개를 으쓱해 보인다. 나는 두 번 놀랐다. 아이에 대한 질문에 아이가 직접 대답하도록 유도하는 모습, 그리고 발끝까지 머리를 길러보겠다는 아이의 결심을 지지하며 아침마다 머리를 땋아주는 엄마의 여유.

'프랑스식 육아' 하면 떠오르는 것들, 특히 수면 교육과 관련된 육아법들은 사실 시도할 엄두가 나지 않았다. 근로시간이 터무니없이 긴 한국의 직장인 엄마 아빠로서는 현실적으로 어쩔 수 없는 부분이 있다고 체념했었다. 우리나라에서 애를 어떻게 8시에 재우냐며 프랑스 육아는 프랑스에서나 가능하다고 생각했던 내게 그 다큐멘터리는 충격이었다. 저런 엄마가 되고 싶다는 생각이 간절하게 들었다.

아이의 개성을 인정하고 지지할 수 있는 마음은 어디에서 나오는 걸까. 아이의 행동에 내 마음이 불편할 때 이것이 정말 아이를 위한 것인지, 아니면 내 취향과 달라서 싫은 것인지 구분할 줄 아는 성숙함은 대체 어디 가면 살 수 있을까. 방광이 짜르르해지는 강한 태동에 잠 못 드는 밤, 아이의 움직임이 마치 '모지리' 엄마를 답답해하며 외치는 목소리처럼 느껴졌다. 나는 처음부터 네가 아니었다고, 나는 너와 다르다고.

취향과 정서에 대하여

첫아이 때도 둘째 때도 특별한 태교를 하지는 않았다. 직업이 라디오 PD이다 보니 음악을 듣는 건 취미이자 일이다. 모니터할 음반들이 쌓여 있는 상황에서 클래식이나 뉴에이지를 듣고 있을 여유도 없었고, 오래도록 습관처럼 듣던 음악을 새삼스레 어떤 목적(배 속에 있는 아이의 지능 발달?)을 의식해서 익숙하지 않은 장르로 바꿔 들으려니, 영 어색했다. 무엇보다 배 속의 아이와 이야기를 나눈다는 것 자체가 내게는 성격에 안 맞는 일이었다. 내 배 속에 생명체가 들어앉아 있다는 사실도 적응이 안 되는데, "○○야"라고 이름을 부르는 게 참 오글거렸다. 첫째도 둘째도 태명을 지어만 놓았지 실제 불러본 적은 별로 없다.

첫아이를 가졌을 때 나는 〈좋은 주말 윤정수, 이유진입니다〉라는 프로그램의 조연출이었다. 선곡되는 노래 중에 트로트의 비율이 꽤 높은 편이어서 하율이는 모차르트의 선율보다 박현빈과 장윤정의 목소리를 훨씬 자주 들었다. 지금도 하율이는 동요 못지않게 가요나 팝을 많이 듣는다. 동요 CD가 마지막 트랙까지 한 바퀴 돌면 "하율이가 좋아하는 노래 들었으니까 이제 엄마가 좋아하는 노래 듣자" 하고는 내가 듣는 음반을 재생한다. 동요만 30분 넘게 듣는 건 내게 너무 힘든 일이다.

하율이가 30개월쯤 되었을 무렵, 가장 잘 부르던 노래는 10센치의 〈쓰담쓰담〉이었다. 그때 10센치의 신보 모니터를 위해 차에서 자주 그 앨범을 들었는데, 가사도 단순하고 멜로디도 중독성 있는 〈쓰담쓰담〉에 하율이가 꽂혀버린 것이다. 세 살 된 아이가 목청 높여 "쯔담쯔담 쯔담쯔담 해볼까요. 쓰잘 데 없던 나의 손이 이런 용도일 줄이야"라며 야한 노래를 부르는 모습에 나와 남편은 포복절도했다. 요즘은 집에서 라디오를 자주 틀어놨더니 시엠송을 종종 흥얼거린다. "시력아, 가지 마", "머리부터 발끝까지 오로나민씨", "닭고기는 마니커!" 등등.

모차르트를 별로 듣지 않은 것에도, 동요를 많이 틀어주지 않는 것에도 그다지 죄책감을 느끼지는 않는다. 하율이에게 주어진 자연스러운 환경일 뿐이라고 생각한다. 엄마의 음악 취향을 아이의 동요에 양보하지 않는 이기심에 이리도 당당한 건 예전에 어떤 뮤지션과 나눴던 대화 때문이기도 하다.

몇 년 전 마이큐라는 뮤지션이 내가 연출하던 프로그램에 게스트로 출연한 적이 있다. 그에게 '당신의 음악에 고유한 분위기가 있는 것 같다. 어릴 때 어떤 음악들을 들었느냐'라고 물었더니, 재미있는 대답을 들려주었다. 아주 어릴 적, 그가 초등학교에 들어가기 전부터 어머니는 비 오는 날이면 그를 데리고 드라이브를 했었다고 한다. 옆자리에 어린 아들을 앉히고 운전을 하면서 그녀는 늘 올드팝을 들었단다. 빗소리와 함께 들려오던 비틀스나 카펜터스의 목소리, 그리고 평소보다 조금 쓸쓸해 보이던 엄마의 얼굴이 자신에게 특별한 기억으로 남아 있다고, 그는 말했다.

잊고 있던 그 이야기가 하율이를 낳고 다시 생각났다. 그 어머니가 비 오는 날의 드라이브에 아들을 대동했던 이유, 아마 아이를 봐줄 사람이 없기 때문 아니었을까. 본인의 정서적인 갈증은 풀어야겠고 아이는 어리니 어쩔 수 없이 옆자리에 아들을 태운 채 집을 나선 거겠지. 빗속의 차 안에서 아이와 함께 좋아하는 노래를 듣고 있는 어떤 여자를 생각하면 나는 괜히 마음이 울렁거린다. 그렇게 엄마의 특별한 얼굴을 엿본 아들은 커서 뮤지션이 되었다. 엄마가 '이 아이를 예술가로 길러야지' 결심해서가 아니라 비 오는 날 자신이 느끼던 특별한 감정에 어린 아들을 배제하지 않았기 때문이다.

소아청소년정신과 의사인 서천석 선생님이 진행하는 육아 팟캐스트에 임경선 작가가 출연해 '아이 역시 가족 공동체의 일원일 뿐'이라고 말하는 것을 들었다. 동의한다. 나와 남편과 아이들은 한 오디오를 나눠 써야 하는 한 명 한 명의 가족 구성원이다. 아이가 태어나기 전, 거실이나 자동차에서 남편이 좋아하는 메탈리카 노래만 듣지 않았듯이 지금도 아이들이 좋아하는 동요만 들을 수는 없다고 생각한다. 록 음악을 좋아하는 아빠와 라디오 PD인 엄마 사이에서 내 딸들은 어떤 음악 취향을 갖게 될지, 어떤 노래들에 특별한 기억을 갖게 될지 참 궁금하다. 아이들의 취향과 정서가 만들어질 자연스러운 환경을 거세하고 동요만 틀어줄 생각은 별로 없다.

P.S.

동요에 지쳤는데 아이와 타협이 안 될 때 추천하는 음반이 있다. 《키즈 보사(Kids Bossa)》 시리즈다. 누적 판매량이 35만 장이라니 이미 많은 분들이 알고 있겠지만 혹시라도 아직 모르는 분이 있다면 한 번 들어보시길 권한다. 비틀스, 스티비 원더, 마이클 잭슨 등 팝 아티스트들의 노래와 영화 OST 그리고 뮤지컬 넘버들까지 수록돼 있는 시리즈인데, 모든 노래를 보사노바로 편곡해서 아이들의 목소리로 녹음했다. 아이들에게는 동요이고 어른들에게는 익숙한 팝 음악인 셈이다. 사실 처음엔 '뭔들 동요보단 낫겠지' 싶은 마음에 산 CD였다. 〈멋쟁이 토마토〉를 1000번쯤 들으니 토할 지경이었으니까. 그런데 웬걸, 음반 자체로도 꽤나 괜찮은 거다. 게다가 발음도 또박또박 귀에 쏙쏙 들어와서 어느 순간 어설프게나마 영어로 팝송을 따라 하는 아이를 보며 신기했었다.

두 번째 처음

원한다고도, 원하지 않는다고도 말할 수 없는 애매한 마음일 때 둘째가 찾아왔다. 임신 테스트기에 한 줄이 나오면 묘한 안도감과 희미한 실망감이 동시에 들곤 했었다. 그리고 마침내 두 줄이 되었을 때 나도 모르게 기뻐하는 나를 보며 그제야 내가 둘째를 원하고 있었음을 알게 되었다.

내가 둘째를 원하고 있었다니, 그 자체가 놀라웠다. 임신 초기엔 입덧으로, 후기엔 불면으로 결국 열 달 내내 괴로울 걸 알고도? 밤잠을 설치며 수유해야 하는 '죽음의 백일'을 다시 견뎌야 하는데도? 밤 12시에 퇴근해 울면서 이유식을 만들던 피곤한 일상을 다시 치러야 하는데도? 정말 다 알면서도 내가 둘째를 갖고 싶어 했단 말인가?

한창 재개봉으로 화제를 모았던 영화 〈이터널 선샤인〉의 설정을 빌리자면 첫아이를 기르던 눈물의 기억을 누군가 통째로 날려버린 것만 같았다. 클레멘타인과 힘들게 이별하고도 그 구질구질한 연애를 다시 시작하려 하는 조엘처럼 정신을 차리고 보니 나는 어느새 두 번째 출산을 앞둔 임신부가 되어 있었다.

둘째가 생겼다는 걸 알고 나서 들었던 여러 가지 감정 중 하나는 '다행이다'라는 안도감이었다.

하율이를 키우면서 겪었던 많은 일들이 잊히고 있는데, 다시 할 수 있겠구나. 다행이다. 농담처럼 〈이터널 선샤인〉을 이야기 했지만 정말 난 하율이의 어린 시절에 관한 많은 걸 잊어가고 있었다. 내 기억을 없앤 것이 영화처럼 '라쿠나 사(社)'라는 기억을 지워주는 회사가 아니라 하루하루 쉴 틈 없이 내게 업무를 부여하는, 내가 다니는 회사라는 점이 다를 뿐이다. 시어머니와 어린이집 선생님이 하율이를 키우는 동안 나는 미혼 시절과 거의 다름없이 회사 일에 매진했다. 이러다 어느 날 퇴근해서 집에 오면 하율이가 어른이 되어 있을 것만 같았다.

하율이가 신생아였을 때 남편과 나는 이가 나지 않은 하율이의 잇몸을 보며 무척 신기했었다. 입을 크게 벌리고 울음을 터뜨릴 때면 드러나는 그 매끈한 분홍빛 곡선. 몇 달 후에 이가 올라오면 볼 수 없을 모습이었다. 발바닥의 보드라운 살도 마찬가지였다. 아직 발로 땅을 디뎌본 적이 없기에 손바닥과 발바닥이 똑같이 반질반질했는데, 그렇게 굳은살 하나 없는 아기의 발은 순결해 보이기까지 했다. 시간이 지나면 보지 못할 모습, 그게 어디 신생아에게만 있었을까. 뒤집고, 기고, 서고, 걷는 모든 모습이 그랬겠지. 그럼에도 내 기억은 하율이가 아주 어릴 때에 머물러 있는 듯했다. 그리고 두 번째 기회가 내게 왔다.

영화에서 조엘과 클레멘타인은 기억을 지우고 나서도 다시 사랑에 빠진다. 20대 중반의 내가 이 영화를 보고 친구와 심도 깊게 토론했던 주제는 '헤어진 남자와 다시 만나도 되는가'였다.

그땐 정말 그게 궁금했다. 둘의 두 번째 사랑은 과연 처음과 다를까? 서로에게 조금 덜 상처주고, 조금 더 이해하고, 그리하여 비극으로 끝내지 않을 수 있을까? 클레멘타인은 걱정스레 말한다. "곧 (당신은 나를) 거슬려할 테고, 나는 당신을 지루해할 거예요." 나는 그 대사가 그렇게 슬펐다.

30대 중반이 되어 〈이터널 선샤인〉을 보면서도 사랑이 아니라 육아를 주제로 글을 쓰게 된 지금, 나는 '두 번째는 처음보다 나아질까'가 그리 궁금하진 않다. 사람이 얼마나 바뀐다고, 뭐 그리 나아지겠는가. 당연히 비슷하겠지.

드라마 〈응답하라 1988〉에서 아빠 성동일이 딸 덕선에게 그러더라. "아빠가 잘 몰라서 그래. 첫째 딸은 어떻게 가르치고 둘째 딸은 어떻게 키우고 셋째는 어떻게 사람 맹글어야 되는지, 잘 몰라서 그래. 아빠도 아빠가 처음이잖어. 그러니까 덕선이가 쪼깨 봐줘, 응?"

아이를 기르는 게 물건을 만드는 것과 같다면 두 번째, 세 번째…… 반복할수록 '숙련공'이 되겠지만 부모도 '이 아이'는 처음이니까, '둘째 딸', '셋째 아들'은 처음 길러보는 거라서 늘 잘 모른다. 나 역시 '두 번째 임신'은 처음이어서 첫아이 때와 다른 임신의 징후를 만날 때마다 낯설고 겁이 난다.

10여 년 만에 〈이터널 선샤인〉을 다시 보며 좋아하는 장면이 바뀌었다. 조엘의 침실에서 '라쿠나 사'의 직원들이 조엘의 기억을 지우는 동안 그는 뒤늦게 자신의 결정을 후회하며 격렬하게 외친다. "내 말 들려요? 나 더 이상 이거 하고 싶지 않아요! 취소하고 싶다고요!(Can you hear me? I don't want this anymore! I want to call it off!)"

침대에 누워 있는 짐 캐리의 눈가에 눈물이 흐르는 장면, 기억을 지키기 위해 잠들지 않으려고 눈을 부릅뜨던 그 간절함이 너무 좋았다. 그게 그의 진심이었으니까. 기억을 지워달라는 건 그저 홧김에 한 말이었을 뿐이다. 클레멘타인을 사랑하는 동안 물론 괴로웠고 결국엔 헤어졌지만, 그럼에도 그가 진짜 원했던 건 사랑했던 모든 기억을 간직하는 쪽이었다.

두 번째 사랑이 더 나은가 아닌가는 중요하지 않다. 서툴고 실수 많은 사랑이었대도 그대로 간직하겠다는 간절함만이 영화가 끝난 뒤에도 내 마음에 남았다. 출산 예정일이 2주 앞으로 다가왔다. '더 잘 키워보겠다'는 욕심은 없다. 다만 내 일상에 아이가 자라가는 모습을 지켜보는 시간을 조금만 더 내어주고 싶을 뿐이다.

우울감이 찾아올
때마다

친하게 지내는 작가에게 전화를 한 통 받았다. 결혼 후 남편을 따라 다른 지역에 내려가 아이를 낳고 한창 '독박육아' 중인 그녀가 내게 물었다. "수연 씨는 애 잘 때 뭐했어? 시간은 가는데 아무것도 한 게 없는 것 같아. 뭐라도 해야 할 것 같은데 뭘 해야 할지 모르겠어." 그 말을 듣고 생각해보았다. 아이를 낳고 쉬던 기간, 난 무얼 했었는지.

아이를 낳기 전, 신생아의 수면 시간이 20시간에 육박한다는 이야기를 듣고 나는 많은 계획을 세웠었다. 책도 읽고, 영화도 보고, 영어 공부도 하고, 그렇게 자기계발을 좀 하고 나서 회사에 복직하리라, 야무진 꿈을 꾸었다. 물론 얼마 지나지 않아 이게 얼마나 헛된 망상인지 알게 됐다. 아이가 잘 때 젖병을 씻고 집안일을 하는 것만 해도 대단한 거고, 나중엔 애가 잘 때 엄마도 자기 바쁘다. 그래야 체력 보충이 되니까. 그래야 나도 좀 살 수 있으니까. 그런 생활이 반복되어 내가 애인지 애가 나인지 구분이 안 되는 호접몽스러운 경지에 이르러, 어느 날 갑자기 산후우울증 '비스무리'한 게 찾아오고 말았다.

우울감이 찾아올 때마다 내가 부렸던 꼼수들이 몇 가지 있다. 애 키우는 동안 뭐라도 해보려고 애썼던 한 인간의 몸부림이니,

혹시나 참고하고 싶은 분들에게 도움이 되길 바란다.

1. 백일주

이건 사실 나보다 앞서 아이를 낳았던 MBC라디오국 선배 김빛나 PD가 알려주신 팁이다.

출산 후 한동안은 먹는 걸 조심해야 한다. 엄마가 먹는 게 그대로 젖이 되어 아이에게 가기 때문에 특히 초기엔 매운 음식이나 커피를 거의 먹지 못한다[1]. 오히려 임신기보다 수유기에 더 제약이 많았던 것 같다. 하지만 수유에 대해 지나치게 무지했던 나는 '아이만 낳으면 열 달 동안 참았던 맥주를 마음껏 마시리라'고 생각했었다. 맥주는커녕 커피도 못 마신다는 걸 알고 망연자실해 있는 내게 빛나 선배가 말했다. "마셔! 마시고 짜서 버려. 야, 엄마가 행복해야 아이도 행복한 거야." 그 말에 용기를 얻어, 아이를 남편에게 맡기고 오랜만에 친구들과 함께 시원한 맥주를 마셨다. 1년여 간의 금주를 끝내고 목구멍으로 맥주를 넘기던 순간, 그 기분을 뭐라고 표현할 수 있을까. 정말이지, 내가 평생 마셨던 술 중 가장 맛있는 술이었다. 집에 돌아와 서너 번쯤 유축기로 모유를 짜서 버리면서 생각했다. '아가야, 엄마가 미안해. 그래도 우울한 엄마가 주는 모유보단 행복한 엄마가 주는 분유가 맛있지 않겠니?'

소설 《82년생 김지영》의 조남주 작가가 이런 글을 썼다.

세상의 전부인 아이를 품에 안고 나는 내 세상을 그리워했다. 나밖에 모르는 작은 아이가 정말 미치도록 예쁜데, 때로 그 아이가 너무 원망스러웠고, 그 마음이 다시 죄스러워 견딜 수 없었다.

— 조남주, 《대한민국 페미니스트의 고백》 중에서

나도 그랬다. 누군들 안 그럴까. 그런 순간들을 만날 때마다 맥주 한잔의 일탈이 약간의 숨구멍이 되어주었다. 아이의 백일을 축하하고 엄마의 노고를 치하하는 '백일주', 나쁘지 않다.

2. 6개월 전에!

흔히 '애가 좀 크면 이것저것 해보리라'고 계획하는 엄마들이 많지만 모르시는 말씀. 진정한 기회는 아이가 6개월이 되기 전이다. 이 시기 양육자의 역할은 젖을 주고 기저귀를 가는 등 '생리적인 욕구'를 채워주는 게 대부분이라서 엄마가 하든 아빠가 하든 할머니가 하든 큰 차이가 없다. 이 시기가 지나서 엄마 얼굴을 알아보기 시작하면 분리불안 때문에 힘들어진다. 따라서 아이가 좀 어릴 때, 아빠가 아직 의욕에 차 있고 할머니들이 손주를 얻었다는 감격에 겨워서 아이 맡는 걸 반길 때, 이때 하루의 일정 시간을 떼어내 엄마만의 시간을 갖는 게 낫다. 공부를 하든 책을 읽든 영화를 보든 친구를 만나든, 그건 각자 취향에 따라서.

3. '시어머니 쿠폰'의 효과적인 활용법

나는 그 시기에 평소 관심 있던 일본어 공부를 했다. 자격증 시험을 보면 강제성 때문에라도 나태해지지 않을 것 같아서 시험을 신청하고 학원에 등록했는데, 굳이 학원에 등록한 이유는 '시어머니 쿠폰'을 활용하기 위해서였다.

내 경우 시어머님이 아이를 봐주실 수 있는 상황이었다. 그래서 부탁만 드리면 "안 그래도 손주 보고 싶어 죽겠는데 잘됐다" 하시며 버선발로 뛰어오셨다. 하지만, 뭐, 알지 않는가. 시어머님이 오셔서 아이를 봐주시는 건 좋지만, 얼마나 계시다 가실까 불안해지는 복잡한 마음. 그래서 고안한 방법이 학원에 등록하는 것이었다. "어머님, 제가 시험 준비를 해야 해서 학원에 다녀야 하는데 혹시 아침 10시부터 오후 2시까지 아이 좀 봐주실 수 있으세요?"

학원은 주 3일이었고 수업은 두 시간이었다. 수업이 없는 날에는 좀 놀려고 매일 와주십사 말씀드린 것이다. 매일 서너 시간 시어머님께 아이를 맡기면서 나는 자유 시간을 얻었고, 어머님은 마음껏 손주를 보실 수 있었다. 시어머님이 머무는 시간에 대해 고민하게 되는 애매한 상황도 피하고 말이다. 혹시 시어머니 쿠폰을 사용할 수 있는 분이라면 이런 방법도 있으니 참고하시길.

4. 보면대

아이가 젖을 먹는 시간은 생각보다 길었다. 한번 젖을 물리면 30~40분 정도 걸렸다. 처음엔 쌕쌕거리며 힘껏 젖을 빠는 아이의 모습이 너무 신기해서 그것만 보고 있어도 재미있었는데, 그것도 하루 이틀이지, 나중에는 심심했다. 아이를 한참 내려다보고 있노라면 목뼈가 아프고, 그렇다고 정면을 보고 있자니 멍 때리는 것밖에 할 것이 없었다. 수유 자세에 익숙해지고 나서는 더더욱 그 시간이 아까워졌다. 젖 먹이는 시간이 그나마 아이가 얌전히 있는 몇 안 되는 때이기 때문이다.

이리저리 궁리하다 악보 보는 보면대를 사서 소파 앞에 두었다. 보면대에는 공부하던 일본어 단어장을 두기도 하고, 태블릿PC나 소설책을 두기도 했다. 젖을 먹이면서 무언가를 읽거나 태블릿PC에 미드를 다운받아 보았더니 수유 시간이 한결 즐거웠다. 꼭 필요한 3대 수유용품, 유축기와 수유 쿠션과 보면대라고 생각한다.

글쓰기와 똥 싸기

출산을 앞두고 한번은 친한 언니에게 조심스레 이렇게 질문한 적이 있습니다. "언니, 애 낳다가 똥도 나온다며." 그 언니가 시원스레 일갈하더군요. "야, 똥만 나오냐? 똥꼬도 나와." 사실이었습니다. 저는 하율이를 낳으면서 치질을 얻었습니다. 이후 아침마다 대변을 보는 것에 많은 신경을 쓰죠. 빠른 시간 안에 효율적으로 '거사'를 마무리하는 데 집중합니다. 어느 날 문득 글쓰기가 똥 싸기와 비슷하다는 생각이 들었습니다.

책이나 영화 그리고 다른 사람들과의 대화 등등을 통해 머릿속에 이런저런 정보, 자료, 느낌이 들어옵니다. 먹는 거죠. 그리고 일상을 살아갑니다. 소화고요. 이걸 글로 풀어냅니다. 싸는 거예요. 각각 '먹기', '살기', '쓰기'라고 표현하겠습니다.

한창 바쁘게 살 때 저는 '글 쓸 시간이 없다'고 생각했습니다. 읽고, 보고, 듣고, 느낀 많은 것들이 내 안에 들어오는데 그걸 내

보내지 못하고 쌓아만 두니 늘 더부룩하고, 답답하고, 뭔가 막혀 있는 듯한 기분이었죠. 이제 생각해보니 '글 쓸 시간이 없다'는 건 '똥 쌀 시간이 없다'는 것만큼이나 바보 같은 말이었습니다. 살면서 받아들이는 것, 느끼는 것들을 내 것으로 소화시켜서 정리된 형태로 내놓는 것은 너무나 자연스러운 '영혼의 소화 과정'이기 때문이죠.

'살기'만 하고 '먹기(읽기, 보기, 듣기)'를 안 하면 소화시킬 게 없어 영혼이 말라갑니다. '먹기'와 '살기'만 하고 '쓰기'를 안 하면 정리하지 않은 생각들이 내면에 쌓여 지저분해집니다. '먹기'와 '살기'에 소홀한 채 '쓰기'만 하는 사람들이 얼마나 빈곤한 글을 내놓는지는 세상에 넘쳐나는 어설픈 글들을 보면 알 수 있고요.

아무리 바빠도 셋 다 적절히 해줘야 합니다. 전업 작가가 아닌 이상 일상이 바빠지면 제일 먼저 생략되는 건 '쓰기'의 과정일 겁니다. '먹기'야 독서가 아니더라도 영화나 인터넷 등등 다양한 통로로 어떻게든 해결되니까요.

저 역시 한동안 '먹기'만 했습니다. 사실 육아휴직으로 가장 좋은 건 긴 글을 쓰기 시작했다는 점입니다. 마음이 많이 가뿐해지는 걸 느낍니다.

'좋은 글'이 뭘까 생각해봅니다.

들춰보고 싶지 않은 기억, 꺼내고 싶지 않은 이야기, 너무 부끄러워 들키고 싶지 않은 치부, 그것들을 글로 썼을 때 글쓰기의 신비로운 작용, '치유'를 경험합니다. 얼마나 좋은 글을 쓸 수 있느냐는 나를 얼마나 꺼내놓을 수 있느냐와 같은 말인 것 같습니다. 바빠지더라도 종종 글을 쓰고 싶습니다. 정직하게 나를 들여다본 후 길어 올린 이야기들로 스스로를(가능하면 읽으시는 분들까지) 건강하게 가꾸고 싶습니다.

2
우리 함께 있는 동안에

나는 도대체
어떤 사람일까

2014년 가을, MBC 사옥이 여의도에서 상암으로 이전하면서 이를 기념하는 대규모 행사가 기획되었다. 일주일간 〈쇼! 음악중심〉, 〈나는 가수다〉를 비롯한 몇몇 텔레비전 프로그램과 라디오의 특집 공개방송이 MBC 앞 광장에서 제작되었는데, 나는 이 공개방송의 조연출로 '차출'되었다.

인력에 여유가 있는 게 아니다 보니, 보통 라디오 행사는 연출, 조연출, 작가진 모두 각자가 맡고 있는 데일리 프로그램을 하면서 동시에 공개방송을 준비하게 된다. 당시 나는 〈써니의 FM데이트〉라는 저녁 음악 프로그램을 연출하고 있었다. 매일 방송되는 두 시간짜리 프로그램을 제작하면서 동시에 공개방송을 준비한 것이다. 체력적으로 또 정신적으로 쉽지 않았다.

하지만 공개방송의 매력이 그거다. 힘들면서 재미있는 것. 몇천 명의 관객이 환호하는 장면을 눈앞에서 마주할 때의 희열. 팔뚝에 오소소 돋는 소름을 어루만지며 '이래서 가수들이 공연을 하나'라고 짐작하게 된다. 나 역시 그래서 조연출을 자원했지만 이번에는 '힘들면서'에 조금 더 무게가 실렸다.

TV 프로그램과 무대를 공유해야 한다는 점이 문제였다. 카메라 워킹을 생각해서 동선을 짜는 TV와 달리 라디오는 콘서트에 조금 더 가까운 공개방송을 추구하다 보니 협의할 게 많았다. 콘셉트를 잡고, 출연진을 섭외하고, 구성을 하고, 무대와 음향 등 각종 하드웨어적인 요소를 해결해나가는 과정이 마치 허들 경기 혹은 몬스터를 잡는 롤플레잉 게임 같았다. 하나를 처리하면 다음 관문, 또 다음 관문이 나타났다. 행사가 끝나는 날까지 '문제 발생-회의-해결'의 과정이 반복되었다. 심지어 공개방송 전날 메인 작가가 무대에서 떨어져 다치는 사고까지 있었다. 잠시도 긴장을 놓을 수 없는 시간이 이어졌다.

그날도 회의가 있었다. 각자 맡은 프로그램이 끝나고 모두 모인 건 자정이 가까운 시각. 골치 아픈 어떤 문제를 앞에 두고 제작진 모두 아이디어를 짜냈다. '잘되는' 팀의 회의에서는 말하는 사람의 직위보다 그의 아이디어가 중요하게 평가받게 마련이다. 우리 팀은 꽤 괜찮은 팀이었고 막내 작가나 조연출들의 발언에서 실마리를 얻어 문제를 해결한 적이 여러 번 있었다. 그날도 그런 식으로 아이디어에 아이디어가 얹어져 가까스로 회의가 끝났다. 그리고 근처 술집에서의 시원한 맥주 한잔. 오늘의 몬스터를 무사히 처리했다는 안도감을 만끽하며 소박한 축배를 나누는 자리였는데……. 나는 이상하게 울적했다. 왜 이럴까. 회의는 잘 끝났고, 장애물은 처리했고, 우리는 좋은 팀인데, 나는 왜 즐겁지 않을까.

한참 내 마음을 들여다본 끝에 이유를 찾아냈다. 그 회의에서 내 몫을 하지 못했다는 생각, 오늘 내가 별로 쓸모없었다는 생각이 나를 우울하게 했다. 공개방송이 제대로 굴러가도 거기에 내 기여가 없으면 별로 기쁘지 않은 나를 발견했다. 그 팀에서 분명 내 역할이 없지 않았다. 아니, 나는 꽤 많은 일을 했다. 한 번의 회의에서 내 생각이 도움이 되지 않았다고 해서 의기소침해할 상황은 아니었다. 그럼에도 나는 '오늘 내 아이디어가 채택되지 않았다'는 사실이 너무 신경 쓰였다.

나는 혼란스러워졌다. 나는 내가 일을 사랑하는 사람인 줄 알았다. "나는 워커홀릭이야"라는 말을 별 부끄러움 없이 해왔고 누구보다 일을 즐거워했다. 공개방송을 준비하는 몇 달간 아침 일찍 출근해 밤늦게 퇴근하는 생활을 반복하다 보니, 하율이 얼굴을 볼 시간이 없었다. 남편은 그런 내가 안쓰러워 인터넷에 카페를 만들고 하율이의 사진을 올려주었다. 회원이 나와 남편, 둘뿐인 카페였다. 딸의 얼굴을 집에서가 아니라 인터넷으로 보는 엄마, 그럼에도 내가 사랑하는 이 일에 집중하고 있다는 자부심이 나를 위로했다.

그렇게 내일이 없는 사람처럼 돌진하던 내 마음에 제동이 걸려버렸다. 내가 이렇게 열심히 일하고 있는 건 정말 내가 이 일을 사랑해서일까, 아니면 나를 증명해 보이려는 마음 때문일까. 보이려는 마음 때문이라면 그 대상은 누구인가. 이런 질문들이 초라한 내 자존감을, 무언가를 끊임없이 의식하며 발을 동동 굴러

온 내 조바심을, 맨살처럼 드러냈다.

사실 이런 조바심은 꽤 오래된 것이었다. 하율이를 낳았을 때부터, 어쩌면 MBC에 입사했을 때부터, 어쩌면 그 이전 학창 시절부터 시작되었을지 모른다. 아니, 나의 타고난 성향일 수도 있다. 100여 가구 남짓한 시골에서 태어나 자그마한 학교에 다닌 덕에 학창 시절 내내 성적은 상위권이었지만 상급 학교로 진학할 때마다 나는 내 등수가 곤두박질치는 상상을 하며 긴장했다. 힘겹게 입사에 성공한 후에도 웬일인지 '준비가 덜 된 채 PD가 되었다'는 생각에 사로잡혀 '들키기 전에 빨리 실력을 쌓아야 하는데……'라는 마음을 품고 살았다. 그러다 임신을 했고 불안감은 극에 달했다. 하율이를 가졌음을 알아차린 순간부터 출산과 육아 때문에 일에서 내가 원하는 만큼 성취를 얻지 못할 것이라는 두려움이 생겼다.

나는 하율이를 낳고 산후조리원에서 집으로 돌아온 날, 곧바로 일본어 학원에 등록했었다. 업무와 관련 있는 공부는 아니었지만 '뭐라도 해야겠다'는 생각이 강했다. 다른 사람들은 모두 일을 하고 있는데 혼자 집에서 아기를 보고 있는 그 '정체된 시간'을 견디기 힘들었다. 서너 시간 간격으로 모유 수유를 하던 때 JLPT 시험을 봤다. 시험은 약 네 시간에 걸쳐 진행되었고 중간에 쉬는 시간은 20분이었다. 시험장 밖에서 남편이 아이와 함께 기다리고 있었다. 나는 쉬는 시간에 잽싸게 뛰어나와 차 안에서 아이에게 젖을 물리고 다시 교실로 돌아가 2교시 시험을 치렀다. 그렇게 치열하게 사는 게 익숙했다. 정신을 차려보면 나도 모르게 스스로를 과하게 몰아붙이고 있었다. '성찰' 없는 '열심'의 부작용이었을까, 어느새 나는 나를 움직이는 힘이 목표를 좇는 인력인지, 단순히 불안에서 도주하려는 척력인지 헷갈리기 시작했다. 시험 전날 남편이 내게 건넨 편지에 이런 문장이 있었다.

"합격할 거예요. 응원할게요. 나와 하율이는 당신의 허들이 아닌 발판이에요."

남편은 내게서 무엇을 봤기에 저런 글을 썼을까. 내 못난 욕심과 초조함 때문에 내가 가족을 장애물로 생각한다고 느낀 건 아닐까. 뒤늦게 미안함이 밀려왔다.

스스로를 압박하며 살아온 시간의 끝에서 나는 길을 잃고 말았다. 너무 오랫동안 내가 얼마나 쓸모 있는 인간인지 증명하는 데 골몰해온 것 같았다. 이제 내게서 PD라는 직업을 빼면 뭐가 남는지, 직업인이 아닌 나는 도대체 어떤 사람인지 알 수가 없었다. 하율이를 낳고 쉰 기간이 넉 달 반. 사용할 수 있는 육아휴직 기간이 10개월도 더 남아 있었는데 왜 그렇게 급하게 복귀했을까. 휴직을 한다고 해고하는 회사도 아닌데, "아이가 보고 싶다"고 입버릇처럼 말하면서도 남은 휴직 기간을 쓰지 않는 심리는 뭔지.

쉬어야겠다고 생각했다. 아니, 쉬지 않을 이유가 없었다. 일을 잠깐 놓기로 했다. 내 정체성 중 가장 큰 부분, 카를 융 식으로 표현하면 내가 가장 무겁게 붙잡아왔던 페르소나를 벗어보기로 했다. 아이가 아니라 실은 나 때문에 육아휴직을 결정한 셈이다.

달팽이가 움직이는 속도로

휴직 기간 내게는 하루 여섯 시간의 자유가 있었다. 하율이를 어린이집에 보내고 10시부터 4시까지. 처음 몇 달은 뒹굴뒹굴 무위도식하며 보냈다. 낮잠도 자고 야한 웹소설도 봤다(내 오랜 길티 플레저다).

시간이 좀 지나자 무언가 하고 싶어졌다. 별렀던 장편소설을 읽었다. 컴퓨터에 다운받은 영화가 아닌, 극장에서 상영하는 영화를 보러 다녔다. 혼자 많은 시간을 보냈다. 긴 글을 썼다. 트위터에 올리는 140자 단상이 아니라 내 생각을 정리한 한두 페이지의 일기를 몇 년 만에 다시 쓰기 시작했다. 쓸데없는 일도 많이 했다. 20대 초반에 즐기던 인라인스케이트가 문득 타보고 싶어져서 장비를 사고 강습을 받았다. 홍대 미술학원에서 강사 일을 하는 스물일곱 살의 선생님과 일주일에 한 번씩 만나 같이 그림도 그렸다. 사람 없는 평일 오전 카페에서 둘이 색연필이나 붓으로 쓱쓱 종이를 채워가는 일은 말로 설명하기 힘든 충만함을 느끼게 했다.

그리고 깨달았다. 쓸데없는 일을 할 때 진짜 즐겁구나. 나는 그동안 너무 쓸데 있는 일만 했었구나.

마음에 여유가 생기자 아이와 함께 보내는 '무위의 시간'도 훨씬 편하게 즐길 수 있게 되었다. 걸어서 10분 거리에 어린이집이 있는데, 하율이와 함께 가려니 30분도 넘게 걸렸다. 고양이가 지나가면 따라가 보기도 하고 중간에 주저앉아 간식을 까먹기도 했다. 비 오는 날엔 더 오래 걸렸다. 물웅덩이마다 멈춰서 한참을 폴짝대는 하율이를 말리지 않았다. 덕분에 상암동에도 달팽이가 나온다는 걸 알게 됐고 달팽이가 움직이는 속도를 눈으로 확인할 수도 있었다. 나는 아이와 같은 속도로 살았다.

그러면서 '아이를 키운다'는 것에 대해 내가 크게 오해하고 있었다는 걸 알게 됐다. 아이는 내가 무엇을 한다고 더 빨리 자라는 것도 아니고, 무엇을 하지 않는다고 더 천천히 자라는 것도 아니었다. 시간이 지나면서 하율이는 자연스럽게 내가 알려주지 않은 말을 했고, 점점 복잡한 그림을 그릴 수 있게 되었다. 아이 옆에서 같이 사는 것, 그게 내가 하는 일의 전부였다. 그것만이 엄마로서 할 수 있는 일이었다.

회사에 다니면서 나는 하율이에게 많은 것을 못 해준다는 생각에 괴로워했었다. 소풍 도시락을 직접 싸주지 못한 것도, 잠들 때마다 동화책을 읽어주지 못한 것도, 같이 목욕을 하지 못한 것도 안타까웠다. 하지만 사실 내가 해주지 못한 건 하나였다. 아이와 함께 사는 것. 나는 아이와 함께 살지 않고 아이의 삶을 감독만 했다. 하율이에게 엄마는 늘 '다음에 무엇을 해야 하는지'를 이야기하는 사람이었다. 빨리 밥 먹고 어린이집에 가야지, 빨리 양치하고 자야지, 빨리 자고 내일 일찍 일어나야지. 아이가 지금 하고 있는 일을 아이의 속도로 아이 옆에서 함께하는 것, 뼛속 깊이 효율적인 인간인 나는 그걸 참 못했다.

지금은 복직을 해서 다시 바빠졌다. 쓸데없는 일은커녕 해야 하는 일을 해내기도 하루하루 버겁고 아이에게 '빨리 하라'는 재촉을 하지 않는 것도 어렵기만 하다. 하지만 인생의 어느 한 부분, 내 아이와 속도를 맞춰 살아본 그 경험은 분명 날 조금 달라지게 했다. 생각할수록 육아휴직은 내가 태어나서 한 일 중 아이를 낳은 것 다음으로 잘한 일이다.

나는 운 좋게도 육아휴직이 고용 불안으로 이어지지 않는 회사에 정규직으로 입사한 덕분에 이런 시간을 보내는 게 가능했다. 보다 많은 사람들이 육아휴직을 하고 이런 즐거움을 느꼈으면 좋겠다. 그럴 수 있는 사회이길 바란다. 하루에 14시간을 회사에서 보내는 딱한 내 남편도, 나와 같은 회사에서 비정규직이나 프리랜서로 일하고 있는 동료들도.

우리나라의 보육 정책은 엄마 아빠가 직접 아이를 기르는 걸 돕는 대신, 부모가 대리 양육자를 통해 아이를 기르는 것을 돕는다("엄마 아빠가 직접 아이를 기르는 걸 돕는 대신, 부모가 대리 양육자를 통해 아이를 기르는 것을 돕는 보육 정책"이라는 표현은 소아과 의사 정재호 선생님의 책 《잘 자고 잘 먹는 아기의 시간표》에서 빌려왔다). 시간이 아니라 돈을 주는 정책이다. 하지만 30~40만 원의 지원금을 준다고 해서 더 많은 젊은이들이 아이를 낳진 않을 것이다. 아이를 낳아 기르는 기쁨을 누릴 수 있어야, 그런 부모들을 주변에서 많이 볼 수 있어야, 아이가 우리에게 비교할 수 없는 행복을 준다는 사실이 믿어져야 이 '헬조선'에서 아이를 낳을 엄두라도 내보지 않겠는가.

아이에게서
나를 볼 때

하율이가 네 살이던 어느 날, 나와 하율이와 어떤 아저씨가 아파트 1층에서 같이 엘리베이터를 탔다. 하율이는 번호판을 물끄러미 보다가 나에게 물었다. "엄마, 이 사람은 몇 층 살아?" 하율이의 집게손가락이 같이 탄 아저씨를 가리키고 있었다. 약간 민망해진 내가 하율이에게 말했다. "어, 12층 사시나 봐. 근데 하율아, '이분'이라고 해야 하는 거야. 그리고 이렇게 손가락질하면 기분이 안 좋으실 수도 있어."

아저씨는 허허 웃으며 하율이의 머리를 쓰다듬었고 하율이는 순식간에 울 듯한 표정이 되었다. 하율이는 입을 삐쭉거리며 눈물을 참더니, 12층에서 아저씨가 내리고 엘리베이터 문이 닫히자마자 나를 보며 대성통곡했다. "엄마, 엉엉, 몰랐쪄. 엉엉!!"

제 딴에는 창피하고 무안했나 보다. 나는 우선 아저씨 앞에서 하율이의 실수를 지적한 것에 대해 반성했다. 그리고 아저씨가 내리고 나서야 울음을 터뜨리는 하율이의 모습을 보며 많은 생각이 들었다.

어른이 되고 사람들을 만나고, 특히나 직장 생활을 하면서 우리는 '원래 내 성격'대로 살기도 하지만 일정 부분 '필요에 의해서' 어떤 성격을 만들어내기도 한다. 먹고살려다 보니, 버티려다

보니, 좀 더 잘해내려 노력하다 보니, 상황에 맞게 조금씩 나를 바꿀 수밖에 없는 것이다. 마치 네 살 하율이가 아저씨 앞에서 끅끅거리며 울음을 참았던 것처럼. 하루의 대부분을 보내는 회사에서 내가 주로 했던 일은 누군가에게 부탁하거나 누군가의 부탁을 거절하는 일, 확신이 있는 척 결정하고 때로는 날을 세워가며 다른 사람을 설득하는 일이었다. 어떤 건 비교적 수월했고, 어떤 건 정말 힘들었다. 그런데 8년 동안 반복해서 하다 보니, 정말 힘들었던 일도 일상처럼 해내게 되었다. 굳은살이 박였다고 해야 할까. 에리히 프롬은 이를 두고 "인간은 자신의 인격을 시장에 내다 판다"고 표현했다.

> 인간은 상품뿐 아니라 자기 자신도 팔면서 스스로를 상품으로 느낀다. 육체노동자는 육체의 힘을 팔고 상인과 의사, 사무직 노동자는 자신의 '인격'을 판다. 생산물이나 서비스를 판매하려면 '하나의 인격'이 되어야만 한다. 이 인격은 상냥해야 하지만 인격의 주인은 그것 말고도 여러 가지 다른 기대들을 더 충족시켜야 한다. 에너지와 솔선수범의 정신도 갖추어야 하고 그밖에 그의 특수한 위치가 요구하는 것들도 구비해야 한다.
>
> — 에리히 프롬, 《나는 왜 무기력을 되풀이하는가》 중에서

에리히 프롬의 마지막 조교였던 라이터 풍크의 표현도 재미있

다. 같은 책 서문에서 그는 현대인이 "인성과 성격을 연출"한다고 썼다. 특정한 역할, 즉 성공한 사람, 자의식이 강한 사람, 자기 확신이 있는 사람, 공감할 줄 아는 사람, 합리적인 사람, 카리스마가 넘치는 사람 등을 껴입고 그것을 최대한 완벽하게 표현한다는 말이다. 하지만 이런 '연출된 자아의 삶'이 순조로울 수는 없다고 한다. 우리의 정신이 이를 묵묵히 감수하지 않기 때문이다.

엘리베이터에서 아저씨가 내리고 하율이가 나를 보며 참았던 울음을 터뜨릴 때 나는 내가 연출해온 자아가 아닌 '본래의 내 모습'에 대해 생각했다. 언젠가부터 내게는 '아저씨 앞에서 울음을 참는 삶'만 있었지, '아저씨가 가고 나서 울음을 터뜨리는 삶'은 생략돼 있지 않았나. 아니, 그 차이를 의식하는 것조차 잊어버렸는지도 모르겠다.

네 살짜리 아이가 아저씨 앞에서 울음을 참는 게 신기했다고 남편에게 이야기하자 남편은 말했다. "근데 하율이한테는 '엄마'도 '나'인가 보네. 아저씨가 내리고 나서 엄마를 보면서 울었잖아. 그러다 이제 나이 들면 엄마한테도 그런 맨얼굴은 안 보여주는 거고, 더 나이 들면 나 자신한테도 안 보여주는 거고. 그러다 그런 얼굴이 있었다는 것도 잊어버리는 거고, 그런 거 아니겠어?" 그렇게 잊었던 내 모습을 아이를 낳고 다시 떠올리게 되다니, 이것이 인생이 만들어내는 뫼비우스의 띠일까.

하율이를 가졌을 때 허은실 시인 부부의 집에 놀러 간 적이 있다. 팟캐스트 〈빨간 책방〉의 작가로도 잘 알려진 허은실 시인은 MBC라디오에서 오랫동안 일했었다. 남편 역시 시인인 이 시인 부부는 나보다 1년 먼저 예쁜 딸을 낳았다. 하율이를 임신하고 잔뜩 겁먹고 있을 때 '아이를 키우는 삶'을 엿보고 싶어 그 집에 두어 번 놀러 갔었다. 그때 허 시인의 남편인 김일영 시인이 이런 이야기를 했다.

"수연 씨, 왜 인간이 아이였을 때를 기억 못 하는지 알아요? 내 생각에는 아이를 키우면서 직접 보라고 그런 것 같아요."

아이를 키울수록 그때 그 말에 얼마나 깊은 '시인의 통찰력'이 들어 있었는지 실감하게 된다.

너를 통해,
나는 더 나아질 수 있을까

얼마 전 전화를 한 통 받았다. 자신을 영화사 홍보 담당자라고 소개하는 어떤 여자였다. 라디오 프로그램을 연출하다 보면 게스트 출연이나 상품 협찬 등의 일로 홍보 담당자의 전화를 종종 받게 된다. 처음엔 그런 전화인 줄 알았다.

"MBC라디오 장수연 PD님이시죠?"

"네, 그런데요?"

"혹시 〈배철수의 음악캠프〉 ○○○ 작가님 전화번호가 어떻게 되는지 아시나요?"

순간 좀 당황했다. 다른 프로그램 작가의 전화번호를 물어보려고 모르는 PD한테 전화했다고? 그럼 내 번호는 어떻게 알았지? 궁금해서 물었더니 당당하게 대답한다.

"《PD수첩》 보고 전화드렸는데요."

《PD수첩》은 1년에 한 차례씩 PD협회에서 발행하는, 이를테면 'PD들의 전화번호부' 같은 책이다. 묘하게 불쾌했다. '아니, 내가 무슨 114야, 뭐야? 왜 이렇게 당당하게 전화번호를 물어봐?' 나도 모르게 비뚤게 말이 나갔다.

"프로그램 담당자 번호가 궁금하시면 MBC라디오 사무실로 전화하셔야죠. 그쪽이 누군지 제가 어떻게 확인하고 다른 사람

개인 번호를 알려주나요? 그리고 지금 연락처 물어보려고 휴직 중인 사람한테 개인 휴대전화로 전화하신 거예요?"

그러자 그녀도 신경질적으로 대답했다.

"제가 PD님이 휴직 중인지 아닌지 어떻게 알아요? 됐어요. 알려주기 싫으시면 안 알려주셔도 돼요!"

그러더니 뚝 전화를 끊어버리는 게 아닌가. 다시 그녀에게 전화를 걸었더니 받지 않았다. 아니, 뭐 이런 경우가……!!

화가 났다. 2박 3일쯤 머릿속에서 통화 내용이 계속 맴돌았다. 그녀의 말투가 얼마나 예의 없었는지 끊임없이 곱씹는 스스로를 말릴 수가 없었다. '문자로라도 뭐라고 할까? 〈배철수의 음악캠프〉 작가에게 전화해서 그 사람한테 연락이 왔었는지 물어볼까? 어떻게 하지?' 이런 생각을 계속하다 보니, 문득 좀 궁금해졌다. 그런데 난 왜 이렇게 화가 가라앉질 않을까?

그녀의 말도 맞다. 그녀는 내가 휴직 중인 것을 알았을 리가 없다. 그냥 《PD수첩》을 보고 MBC라디오 PD 중 아무나 한 명을 골라 별 뜻 없이 전화했을 것이다. 그런데 왜 그런 이성적인 생각은 끓어오르는 분노 앞에 속수무책인 것일까. 스스로에게 질문해보았다.

뭐가 이렇게 못마땅하지?

— 그 사람이 예의 없게 행동했잖아.

다른 사람이 예의 없게 굴었을 때도 화가 났었나?

— 물론 그렇지.

회사 선배나 상사가 널 화나게 할 때도 그 화가 3일씩 가고 그랬나?

— 그건 아닌 듯.

그때도 '어떻게 하지?'를 끊임없이 생각했나?

— 그것도 아니지.

그럼 왜 이번에는 '어떻게 해야' 화가 가라앉을지를 계속 생각하고 있지?

— 왜냐하면…… 내가 '어떻게 할 수' 있으니까.

이거였다. 계속 화가 났던 이유는 내가 그녀에게 '어떻게' 할 수 있다고 생각하기 때문이었다. 그녀는 내가 '화내도 되는' 대상이었던 것이다. 내가 화를 내도 내게 크게 해를 끼칠 일이 없는 사람. 마치 식당의 진상 손님이나 콜센터 직원에게 분풀이하는 저열한 고객처럼. 생각해보면 회사 상사와 같이 내가 '어떻게 할 수 없는' 상대일 경우에는 부스스 화가 가라앉게 마련이었다. 비겁한 나의 감정이여.

어떻게 할 수 있는데도 하지 않는 것, 약자에게 힘을 드러내지 않는 것, 그게 성숙한 인격이라는 생각이 들었다. 기독교인인 나는 예수의 죽음을 떠올리기도 했다. "네가 하나님의 아들이거든 십자가에서 내려오라"는 로마 병사의 조롱에 침묵하는 신의 겸손 같은 것. 내게도 그런 '신의 경지'의 인격을 체험해볼 기회가 주어졌음을 깨닫게 되었으니, 바로 누구보다 약한 내 아이를 향해서다. 내 아이에게 나는 절대자다. 먹을 걸 주고 옷을 입힌다. 내가 물리력으로 완벽하게 제압할 수 있는 거의 유일한 존재이며, TV를 볼지 말지 따위의 사소한 것도 내가 허락해야 가능하다. 그럼에도 부모들은 자식에게 조심스럽다.

하율이가 세 살쯤일 때 남편이 싫다고 우는 아이를 억지로 붙잡아 머리를 감긴 적이 있었다. 빨리 목욕을 끝내고 싶은 급한 마음에 힘으로 어찌 해본 것이다. 그날 딸아이는 목욕이 끝나고 나서도 한참을 목 놓아 울더니 큰 소리로 말했다. "아빠, 나한테 화내지 마!" 벌써 2년도 더 지난 일인데도 남편은 아직 그 눈빛이 떠오른다고 한다. 조막만 한 게, 말도 겨우 하는 게, 자신을 그런 식으로 대하지 말라고 분명히 표현했던 순간. 그래서인지 남편은 나보다 훨씬 딸아이를 인격적으로 대한다.

아이를 낳아 기르는 건 우리가 조금 더 나은 인간이 될 기회인 것 같다. 우리가 자동적으로 훌륭해진다는 게 아니라 그럴 기회를 얻는다는 뜻이다. 절대적으로 강자인 내가 철저히 약자인 누군가에게 가슴 깊이 우러나는 존중감으로 최선의 배려를 하는 것, 자식이 아니면 내가 누구를 상대로 이런 사랑을 해보겠는가.

화낼 수 있지만 그러지 않는 것, 힘으로 누를 수 있지만 그러지 않는 것, 할 수 있지만 하지 않는 것.

딸을 통해 더 나은 인격을 조금이나마 경험해봤으니, 다른 인간관계에서도 성숙한 인간이기를, 그리하여 조금 더 괜찮은 사람, 조금 더 괜찮은 엄마가 될 수 있기를 바라본다.

롤모델

하율이와 자주 가는 동네 빵집이 있다. 사장님이 하율이를 꽤나 예뻐하셔서 공짜 빵도 몇 번 얻어먹은 적이 있는 단골집이다. 어느 날, 빵집 테이블에서 하율이와 빵을 먹고 있는데 카운터에 계시던 사장님이 하율이를 보고 눈짓, 손짓으로 있는 힘껏 애교를 부리며 아는 체를 하셨다. 그 모습을 보고 새초롬하게 웃던 하율이가 갑자기 내게 귓속말을 했다.

"엄마, 저 삼촌이, 내가 예쁜가 봐."

사랑받는 여자의 이 의기양양함이라니……. 하율이가 머리를 깡둥 올려 묶은 초등학교 5학년쯤 됐을 때, 아니면 중학교 교복을 입은 단발머리 소녀가 됐을 때 내게 "엄마, 우리 반에 어떤 남자애가 있는데, 나한테 자꾸 샤프심을 빌려달라고 하는 거야"라고 재잘거리는 상상을 했다. 그런 날이 오면 얼마나 재미있을까. 얼마나 벅찰까.

애덤 그랜트의 책 《오리지널스》에 이런 이야기가 나온다. 래드클리프 칼리지(어디 있는 학교인지는 모르겠지만 문맥상 유명한 명문 대학인가 보다)를 졸업하고 30대가 된 여성 수백 명을 대상으로 조사한 결과, 이들이 더 나은 세상을 만들도록 헌신하는데 부모의 영향은 1퍼센트도 되지 않았다고 한다. 이에 반해 정신적 스승(롤모델)은 14퍼센트 정도 기여했단다.

부모는 자녀들에게 분명한 가치관을 형성하도록 장려함으로써 공교롭게도 부모 자신의 영향력을 제한하는 효과를 야기한다. 부모는 자녀의 독창성을 북돋워줄 수 있지만 자녀는 어느 시점에 다다르면 자신이 선택한 분야에서 자신만의 정신적 스승으로 삼을 수 있는 인물을 스스로 찾아내야 한다. (중략) 자녀들의 독창성을 길러주는 가장 좋은 방법은 각기 다른 여러 명의 롤모델을 자녀들에게 소개해줌으로써 자녀들이 목표를 높이 설정하도록 해주는 방법이다.

— 애덤 그랜트, 《오리지널스》 중에서

'부모의 영향력은 1퍼센트 미만'이라는 대목에서 나는 환호했다. 어느 시점이 되면 하율이에게 '가르침을 주는 부모'는 필요 없어진다는 말이 아닌가. 내 경우를 생각해봐도 10대에 들어서서는 이미 엄마의 말이 '잔소리'였던 것 같다. 솔직히 말해 나는 빨리 그날이 왔으면 좋겠다. 내가 하율이와 동등한 입장에서 의견을 나눌 수 있는 날. '내가 어떻게 하느냐에 따라 내 자식의 삶이 달라진다'는 무거운 책임을 비로소 벗는 날. 내가 내 인생 앞에 선 개인일 뿐이듯, 너 역시 네 삶을 짊어지는 단독자라고 말할 수 있는 날. 그때가 오면 "내 역할은 여기까지야. 이제부터는 네가 스스로 찾아가야 해. 경영학 책에서 과학적으로 연구한 결과야"라고 의기양양하게 말할 것이다. 롤모델로 삼을 만한 책들이

나 적선하듯 툭툭 던져줘야지.

그리고 같이 맥주나 마시러 다니고 싶다. 적당히 시끄러운 술집에서 하율이의 지질한 남자친구들 이야기에 박장대소하고 싶다. 자기를 예뻐하는 사람을 귀신같이 알아내는 그 눈치로 나중에 연애 잘 하렴. 하율이의 귓속말을 들으며 힘껏 응원했다.

똑같은 하루를 다시 살게 된다면

혹시 영화 〈어바웃 타임〉을 보셨는지. 과거로 시간 여행을 할 수 있는 부자(父子)의 인생 이야기다. 최근 배철수 아저씨와 이 영화에 관해 이야기를 나누게 되었다. (MBC라디오에서 일하는 대부분의 사람들에게 배철수 아저씨의 호칭은 '철수 아저씨' 혹은 '배 선배님'이다. 나는 평소대로 그냥 '아저씨'라고 부르겠다.) 아저씨는 "이 영화는 보는 사람에 따라 여러 관점으로 해석되더라"며 재미있어하셨다. 본인처럼 연세 지긋한 분들에게 〈어바웃 타임〉은 말할 필요도 없이 시간에 관한 영화인데, 젊은 사람들에게는 이게 로맨틱 코미디로도 보이는 모양이라고 말이다. 좋은 텍스트가 언제나 그렇듯 이 영화 역시 다양한 해석을 열어둔다. 내게 〈어바웃 타임〉은 시간도, 사랑도 아닌 육아에 관한 영화였다.

나뿐 아니라 아이를 키우는 내 주변의 몇몇 사람들도 이 영화를 보며 육아에 대해 생각했다고 한다. 가수 정지찬 씨도 그중 한 명이다. 두 아이의 아빠인 지찬 씨는 주인공 아버지의 모습이 인상 깊었다고 한다. 이 아버지는 나중에 폐암에 걸려 죽게 되는데, 본인이 죽는 날짜를 알고 나서는 과거로 돌아가 직장에서 은퇴하고 아내와 아이들과 많은 시간을 보낸다. 정지찬 씨가 이 이야기를 했을 때 나는 '그런 장면도 있었나?' 싶었다. 최근에 이 글을 쓰기 위해 다시 영화를 보았더니, 아버지의 짤막한 대사로 상황이 설명되고 있었다. "쉰 살에 은퇴할 수 있는 사람은 아들이랑 더 자주 탁구를 치고 싶어 하는 암에 걸린 시간 여행자뿐이야." 지찬 씨는 이 장면이 참 좋았다며, 언젠가는 죽을 우리 모두에게 가장 중요한 건 사랑하는 사람과 함께 최대한 많은 시간을 보내려고 노력하는 것이 아니겠느냐고 말했다.

영화 초반, 주인공 팀이 자신의 가족을 소개하는 내레이션에도 아버지에 대한 묘사가 나온다. "아빤 좀 더 평범하셨다. 항상 시간이 남아도는 분이셨다. 50세 생신 때 대학에서 학생들을 가르치는 일을 그만두면서 이젠 얘기도 하고 나한테 탁구도 쳐주시면서 여생을 여유롭게 사시게 됐다." 팀의 아버지가 누리는 이 '여유로운 삶'은 그가 자신의 죽음을 알고 과거로 돌아가 다시 산 버전이다. 첫 번째로 살았던 삶은 어땠을까. 영화에 나오지는 않지만 아마도 나나 다른 평범한 사람들처럼 최대한 오래, 끝까지 일을 하지 않았을까. 쉰 살의 나이에 은퇴할 수 있는 사람은 암에 걸린 시간 여행자뿐이라는 말, 순식간에 지나가는 대사지만 오래도록 머릿속에 남는다.

내 남편은 '아기를 낳고 나서 과거로 갔다 오면 현재의 아기가 바뀌어 있다'는 영화 속의 설정을 재미있어했다. 과거를 바꾸면 현재도 변하는데, 아기를 낳은 후에 시간 여행을 하는 경우 아이 역시 다른 아이가 되는 것이다. "정확한 정자랑 정확한 순간이 이 아이를 만들어낸 거니까 조금이라도 다르게 하면 다른 아이가 생기는 거지"라고 팀의 아버지는 설명한다.

팀은 딸의 첫 번째 생일날 여동생 킷캣을 위해 먼 과거로 다녀온다. 여행에서 돌아온 그는 자신의 아기가 전혀 다른 모습인 걸 보고 소스라치게 놀란다. 아이를 낳아본 적이 없는 사람들은 이 장면을 이해 못 하는 경우도 있었다. 어차피 '내 아이'지 않느냐는 것이다. 논리적으로는 그 말이 맞을지 몰라도 아이를 낳아본 사람들은 안다. 이 아이는 이 아이고, 저 아이는 저 아이라는 것을. 하루만 같이 있어도 아이와의 추억이 쌓이거늘, 하물며 1년을 키운 아이가 바뀌어 있다면 그건 결코 받아들일 수 없는 일이다. 어쩌면 '대체(代替)'라는 건 사람에게 쓸 수 있는 단어가 아닐지도 모른다.

출산 전으로는 돌아갈 수 없다는 규칙을 알고 나서 팀은 신중해진다. 첫아이를 낳고 나서는 첫아이가 태어난 날까지만, 둘째를 낳고 나서는 둘째가 태어난 날까지만 돌아가는 것이다. 문제는 셋째가 태어나는 장면이다. 아버지가 돌아가시고 나서도 이따금 과거로 돌아가 아버지를 만나곤 했던 팀은 셋째가 태어나고 나서는 더 이상 아버지가 살아계실 적으로 돌아갈 수 없게 됐다. 아기가 태어나기 직전, 팀이 마지막으로 과거의 아버지를 만나 아버지 앞에서 눈물을 줄줄 흘리며 말한다. "떨이로 얻은 시간의 마지막이에요. 이제 곧 셋째가 태어나거든요."

아이를 낳는 건 많은 제약을 동반한다. 남편은 말했다. "이 영화의 주제는 아이를 낳고 나면 과거로 돌아갈 수 없다는 거야." 시간 여행이 아니더라도 참 곱씹을 만한 설정이다. 아이를 낳고 나서는 여러 가지 면에서 아이를 낳기 전으로 결코 돌아갈 수 없다.

영화에서 팀의 아버지는 행복을 위한 공식으로 '똑같은 하루를 다시 사는 것'에 대해 가르쳐준다. 처음엔 긴장과 걱정 때문에 볼 수 없던 세상의 아름다움을 두 번째로 살면서는 느낄 수 있다고 말이다. 둘째를 키우는 요즘, 첫아이 때의 기억이 새록새록 떠올라 마치 시간 여행을 하는 듯한 기분이 든다. 두 시간마다 깨어 수유하는 피곤한 밤, 속뜻을 알 수 없는 울음에 지치는 일상, 이미 한 번 겪어본 일들임에도 쉽지는 않다. 하지만 이 시간들이 얼마나 빨리 지나가는지, 이 찬란한 순간이 얼마나 쉬이 잊히는지 알기에 문득문득 자세를 고쳐 잡게 된다.

아이들이 잠든 밤, 남편과 맥주를 한잔하며 가끔 이야기한다. 하율이가 태어날 때 이랬지, 어릴 때 그랬지, 그때 참 신기했는데, 정말 예뻤는데. 그러다 깨닫는 건, 지금 하린이가 3년 전 하율이의 모습이라는 것. 아이의 예쁜 모습을 추억에서만 꺼내오려고 하는 건, 마치 대자연을 앞에 두고 풍경 사진을 감상하는 꼴이 아닐까. “매일매일 사는 동안 우리가 할 수 있는 건 최선을 다해 이 멋진 여행을 만끽하는 것이다.” 영화에 등장하는 이 내레이션이 내겐 육아에 관한 명언으로 느껴졌다.

동생을
만나는 법

요즘 하율이는 아침에 침대에서 눈을 뜨자마자 내게 묻는다.

"엄마, 오늘은 하린이 몇 살이야?"

"응, 오늘도 두 살이야."

"아…… 하린이도 빨리 나처럼 다섯 살이 됐으면 좋겠다. 같이 놀게."

며칠째 같은 대화를 반복하다가 급기야 얼마 전, 하율이가 친구에게 한숨을 푹 쉬며 이렇게 말하는 걸 들었다.

"다해야, 우리 아기는 아무리 시간이 지나도 안 자라……."

둘째를 낳았다고 하면 많은 엄마들이 묻는다. "하율이가 질투 안 해요? 괜찮아요?" 하율이는 비교적 동생과 잘 지내는 편이다. 아직까진 그렇다. 동생이라는 낯선 존재의 등장으로 하율이가 당황하거나 섭섭해하는 걸 최소화하려고 애를 썼는데, 지금 돌아봐도 잘했다고 생각하는 게 두 가지 있다.

하나, 동생이 태어나면서 벌어질 일들을 현실적으로 담담히 일러주기.

어느 육아서에서 동생의 탄생을 앞둔 첫째에게 "동생이 생겨서 좋겠다. 동생이 태어나면 하율이가 잘 돌봐줘야 해"라고 말하는 것보다 "동생이 태어나면 불편한 점도 있을 거야. 많이 울고, 똥도 기저귀에 싸고, 하율이 장난감도 갖고 놀고 싶어 할 거야"라고 말하는 게 낫다는 이야기를 보았다. 일리가 있다고 생각했다. 막연한 불안감을 갖고 있을 하율이에게 억지로 좋은 점만 부각시키기보다는 앞으로 벌어질 일들을 진지하게 알려주는 게 좋을 것 같았다. 장밋빛 미래를 약속하지도, 반대로 과중한 업무를 예고하지도 않았다. 그저 새로 생긴 가족 때문에 당분간은 우리 모두가 조금 불편해질 수도 있다고만 말해주고 싶었다. '동생을 잘 돌봐야 한다'거나 '네가 잘해야 동생들이 보고 배운다'는 말은 맏이인 내가 어릴 적 참 듣기 싫었던 말이기도 했다.

둘, 산후조리원 기간을 보내는 법: "네가 4시에 온다면 나는 3시부터 행복해지기 시작할 거야."

둘째를 낳으러 산부인과에 갈 때 남편과 하율이와 같이 갔다. 특별히 의도한 거라기보다는 주말 낮에 진통이 왔고 따로 하율이를 챙겨줄 사람이 없어서 어쩔 수 없이 데려가야 하는 상황이었다. 두 사람의 응원을 받으며 분만실로 들어갔는데, 그 기분이 꽤 괜찮았다. 출산 다음날, 산부인과 병실에서 하율이와 간식을 먹으며 말했다. "엄마는 앞으로 며칠 동안 병원에서 자야 해. 낮에 하율이가 엄마 보러 와. 올 때 읽고 싶은 그림책을 하나씩 가져 와서 엄마랑 같이 읽자."

산후조리원에 머무는 기간, 하율이는 매일 어린이집이 끝나면 할머니와 함께 조리원 1층에 있는 빵집으로 나를 만나러 왔다. 하율이는 골라온 그림책을 읽으며 한 시간쯤 시간을 보내고 집으로 돌아갔다. 《어린 왕자》 속 사막여우의 말은 사실이었다. 하율이가 오기 한 시간 전부터 나는 설렜다. 하율이도 마찬가지였을 거라고 믿는다. 엄마와 함께 읽을 그림책을 고르고 무슨 이야기를 나눌지 궁리하는 하율이의 모습을 상상하면 웃음이 난다.

동생이 태어나면서 처음 겪는 일이 '엄마와의 별거'라면 하율이가 동생을 마음으로 받아들이기가 참 내키지 않겠구나 싶어서 고민 끝에 생각해낸 방법이었다. 엄마와 2주 동안 떨어져 있는 것, 어떻게 해도 하율이에겐 힘든 일이었겠지만, 그래도 매일 같은 시간에 엄마와 데이트하는 '루틴'을 만들어준 건 잘한 일 같다. 이건 비단 하율이만을 위한 건 아니었다. 2주 동안 조리원에 있으면서 하율이를 보지 못한다고 생각하면 나도 눈물이 날 것 같았으니까. 새로운 가족을 받아들이기 위해서는 나와 하율이 모두에게 '연착륙'의 과정이 필요했다.

이렇게 저렇게 신경을 쓴다고 해도 어쩔 수 없이 하율이에게 동생은 '부모'라는 재화를 나눠 갖는 경쟁자다. 그걸 알게 된 걸까, 요즘 들어 부쩍 동생을 보는 하율이의 마음이 복잡해진 걸 느낀다. 얼마 전 친구 부부가 아이를 데리고 집에 놀러 왔을 때도 그랬다. 자연스레 하린이에게 관심이 쏠리는 분위기가 되자 하율이는 집에 있는 장난감을 죄다 꺼내 와서는 손님들 앞에서 갖은 재롱을 부렸다. 반면 하린이를 유모차에 태워 같이 어린이집에 갈 때면 하율이는 선생님과 친구들에게 동생을 자랑하기 바쁘다. "우리 동생이에요. 이빨도 났어요!"

"큰애가 질투 안 해요? 괜찮아요?" 이건 둘째가 태어나기 전, 나도 무척 궁금했던 질문이다. 질투, 한다. 그런데 예뻐하기도 한다. 그 모든 게 동생을 바라보는 하율이의 감정이다. 예쁘고 신기하고 귀여운데, 질투도 나고 빨리 같이 놀고도 싶은. 하지만 어른들도 한 사람에 대해 한 가지 감정만 있는 건 아니지 않은가. 가령 내게 남편은 사랑하지만 죽도록 밉기도 한 존재, 가장 깊은 스킨십을 나누는 대상인 동시에 가장 날카로운 말로 상처를 주고받는 사람이기도 하다. 다섯 살 아이의 감정이라고 덜하지 않다. 하율이가 동생을 사랑한다는 게, 그 아이의 변덕스러운 마음에서 고스란히 느껴진다.

비교하는 말

'9와 숫자들'의 노래에는 낯선 단어들이 자주 등장한다. 익숙하지 않은 어휘로 내가 느끼는 감정의 면면을 정확히 표현해낸다. 보컬 송재경이 서늘한 직선의 목소리로 한 단어 한 단어씩 깨끗하게 가사를 가져올 때 비로소 '내가 그런 감정을 느끼고 있었구나' 하고 깨닫는 일도 빈번하다. '거기에 무언가가 있다' 정도로만 알고 있던 감정을 끄집어내 정체를 밝혀내는 가사라고나 할까. '9와 숫자들'의 2016년 앨범 《수렴과 발산》을 들으면서도 그렇게 마음이 헤집어지는 경험을 했다.

> 언니, 언니는 언니의 노래를 불러
> 나는 나만의 노래를 부를게
> 그래도 언니는 사랑하는 내 언니야
> (중략)
> 사람들이 언니만 예뻐하고
> 언니만 한 동생 없다고 할 때엔
> 눈물을 훔치면서 인정할 수밖에 없었어
> 그 말은 사실이니까
> (중략)

언니, 이런 말은 미안해
언닐 좋아하지만
언제까지나 언니의 그늘에 갇혀 있을 수는 없어
언니, 그런 말 좀 하지 마
내 할 일은 내가 해
지금부터 우리는 각자의 길을 찾아가는 거야

— '9와 숫자들', 〈언니〉 중에서

처음에는 남자 보컬이 난데없이 자꾸 '언니'거리는 게 신기해서 호기심으로 가사에 귀를 기울였는데, 그렇게 집중해 듣다 보니 이런저런 상념들이 머릿속으로 쏟아져 들어왔다. 가장 먼저 떠오른 건 내 여동생이었다. 공부 잘하는 언니 때문에 늘 비교당해야 했던 내 동생. (그렇다, 나는 왕년에 시골 초등학교의 수재였다. 우리 반 22명 중에 언제나 1등, 그게 나였다. 중고등학교 때는, 묻지 마시라.) 〈언니〉의 가사는 내 동생이 내게 하는 말 같았다. 특히 이 부분이.

"걱정 마, 엄마 곁은 내가 지킬 테니 언닌 신경 쓰지 마. 언닌 아직 날 몰라 내가 어떤 꿈을 꾸고 어떤 사람을 만나며 어떤 미래를 그토록 간절히 그려왔는지. 괜찮아, 상관없어, 난. 내일이면 언니는 떠날 거고 이제 나도 다 컸으니." 실제로 지금 고향에서 병석에 누워 계신 아빠 곁을 지키는 건 내 동생이고 난 한 달에 한 번,

겨우 들러서 용돈 몇 푼 쥐여주고 오는 '내일이면 떠날' 언니다.

몇 해 전, 동생이랑 둘이서 열흘 정도 파리를 여행한 적이 있었다. 스무 살에 집을 떠나온 이후 동생과 그렇게 길게 붙어 있었던 적이, 생각해보니, 처음이었다. 그때 동생과 긴 이야기를 나누면서 내가 알게 된 건 '나와 떨어져 있던 10여 년 동안 동생이 어른이 되었구나' 하는 거였다. 어쩌면 나와 떨어져 있었기 때문에 동생이 뒤틀림 없이 자랄 수 있었던 건지도 모르겠다.

두 번째로 떠오른 건 나였다. 내게도 이 노래처럼 '제발 우리 각자의 길을 가자. 너는 너고 나는 나야'라고 말하고 싶게 하는 친구가 있었다. 좁은 인간관계 탓에 우리가 관리하던 '썸남 어장'은 자꾸만 겹쳤고 나는 번번이 졌다. 스스로에게 자신감이 있었으면 그런 일쯤은 대수롭지 않게 넘겼을 텐데, 불행하게도 그녀는 가난이라는 내 콤플렉스를 지독히 의식하게 만드는 '부유해서 해맑은' 캐릭터였다.

몇 번 반복해서 노래를 듣는 동안 "언니, 언닐 좋아하지만 언제까지나 언니의 그늘에 갇혀 있을 수는 없어. 지금부터 우리는 각자의 길을 찾아가는 거야"라는 가사가 사실은 화자가 언니에게 하는 말이 아닌 스스로에게 하는 말임을 알게 됐다. 그것도 아주 큰 소리로, 악을 쓰고 자신에게 외치는 것처럼 느껴졌다. 그래서 '9와 숫자들'의 〈언니〉는 내게 정체성과 열등감에 관한 노래로 들린다. 내 동생의 이야기이자 내 이야기이고, 어쩌면 우리 모두의 이야기일지도 모른다. 자라면서 필히 극복해야 하는 어떤 존재, 지겹도록 나를 따라다니며 열등감을 의식하게 만드는 사람은 누구에게나 있을 수 있기 때문이다. 그건 아버지가 될 수도 있고, 형제자매 혹은 늘 나보다 한 발 앞서 있는 친구일 수도 있다.

하율이와 하린이를 키우면서 '언니니까 어때야 한다'거나 '동생은 이래야 한다'는 식의 말을 하지 않으려고 노력한다. 내 여동생이 힘들게 사춘기를 보낸 이유 중 하나가 부모님과 할머니 할아버지가 했던 '언니는 어떤데……'라는 말이었기 때문이다. 동생이 나로 인해 스트레스를 받았던 것에 반해 나는 동생에게 참 무신경했다. 동생을 전혀 의식하지 않고 자유롭게 내 갈 길을 갔던 내 모습이, 그런 악의 없는 무심함이 더더욱 동생을 괴롭혔을 것임을 지금은 안다. 무지가 상처를 주는 메커니즘이 늘 그렇듯 내게 악의가 없었기 때문에 동생은 더욱 힘들었을 것이다.

하지만 나와 남편이 아무리 노력한다 해도 하율이와 하린이가 서로를 의식하지 않고 자라게 하는 것은 현실적으로 불가능하다. 하린이를 돌보는 베이비시터 이모님은 식사 시간에 하린이에게 이렇게 말한다. "아유, 하율이 밥 잘 먹는 것 좀 봐. 하린이는 언니 못 이기겠네. 언니가 1등이네!" 하율이 밥 먹이려고, 기분 살려주려고 하시는 소리다. 이제 갓 돌이 지난 하린이가 말을 알아들을 수는 없으니까 시어머님은 하율이와 하린이가 있는 데서 내게 종종 말씀하신다. "하린이 성격 대단한 것 좀 봐. 언니한테 장난감 안 뺏기려고 저렇게 힘을 쓰네. 조금 더 크면 하율이가 하린이를 못 당하겠어." 둘의 성향이 다른 것이 신기해 내게 하시는 말씀이다. 별 생각 없이, 무의식중에. 식당이나 카페에서 만나는 많은 사람들이 하린이를 보며 우리에게 말한다. "아유, 아기가 정말 예쁘네요." 하율이를 보면서는 하지 않는 말이다. 그래서인지 얼마 전에 내 동생이 하율이를 씻기면서 "우리 하율이는 엉덩이도 예쁘네"라고 했더니 하율이가 이런 말을 했다. "이모, 사실 저는 예쁘다기보단 귀여워요."

나와 남편이 아무리 조심해도 하율이와 하린이를 비교하는 말을 전혀 안 할 수는 없을 것이고, 우리 주변 사람들이 '언니니까', '동생이니까'라고 말하는 걸 일일이 막을 수도 없다. 하린이는 말을 배우기 전부터 "언니는 이렇게 잘하네"라는 말을 듣는다. 하율이는 동생이 태어난 순간부터 "하율이는 이랬는데 하린이는 저렇네"라는 말을 듣고 있다. 둘은 서로를 의식할 수밖에 없다. 어쩔 수 없다. 이건, 정말 어쩔 수 없는 일이다.

형제자매는 어떤 식으로 영향을 주고받게 되는가? 언니에게는 책임감 강한 성격으로, 동생에게는 눈치 빠른 사회성으로 발현되는가? 부모의 관심과 자원을 독식하여 많은 것을 누리는 맏이와 달리 빈곤한 지원밖에 받지 못하는 막내는 생존력이 강해지는가? 첫째는 이기적이고 막내는 애교가 많은가? 형은 안정 지향적이고 동생은 모험을 사랑하는가? 형제자매의 성향에 관한 많은 속설과 분석들이 있지만 '혈액형 성격 분석'처럼 어느 것을 끌어와도 말이 되거나 되지 않을 것이다. 그런 편견에 갇히지 않기 위해 나부터 노력하려 한다.

'9와 숫자들'의 노래 〈언니〉를 들으면서 한 사람의 정체성이 만들어지는 과정은 끊임없이 무언가와 싸우는 일이 아닐까라는 생각을 했다. 형제자매는 '인간의 초기 투쟁 대상'에서 빼놓을 수 없는 상대일 터. 그리하여 "언니를 사랑하지만 언니의 그늘에 갇힐 수는 없어. 우리 각자의 길을 가자. 언니는 언니고, 나는 나야. 그래도 언니를 사랑해"라는 이 노래의 가사에서 나는 소년 소녀가 어른이 되어가는 지독한 성장통을 느낀다.

하율이와 하린이는 필연적으로 서로 의식하고, 경쟁하고, 극복하려 애쓰며 자랄 것이다. 엄마로서 내가 해줄 수 있는 건 너를 사랑한다고 끊임없이 말해주는 거겠지. 너는 너만의 매력이 있는 사랑스러운 존재라고, 생각날 때마다 이야기해야겠다. 내가 무의식중에라도 뱉을지 모를, 그래서 부지중에 상처를 줄지 모를, 둘을 비교하는 말, 그걸 덮을 수 있을 만큼 충분히. 그게 '비교하는 말 듣지 않게 해야지'라는 다짐보다 훨씬 현실성 있게 느껴진다.

'난감함'이라는 감정

하루에 예닐곱 번 버스가 들어와 읍내로 나가는 할머니들과 그네들의 짐 보따리(주로 나물들)를 옮겨주던 곳. 피아노학원에 가기 위해 15분쯤 버스를 타거나 25분쯤 자전거를 타거나 40분쯤 걸어야 했던 곳. "엄마, 재 흙 먹어"가 농담이 아니라 정말 일상이었던 곳. 거기에서 열아홉 해를 살았다. 한 학년에 20명 남짓, 전교생은 130명 안팎. 전교생이 100명 이하로 떨어져 우리 학교가 분교가 되느냐 마느냐, 그것이 우리 초등학교를 둘러싼 모두의 걱정이었다(지금은 분교가 되었다).

아이들의 부모들은 대부분 농부였다. 그래서 부모가 농부가 아닌 소수의 아이들에게는 묘한 자부심이 있었다. 비(非)농부였다가 농부가 된 아빠의 직업이 나는 못마땅했다. 공부를 잘하고, 피아노를 치고, 양옥집(!)에 사는 나의 신분에 비추어 아빠가 농부가 아니었다면 얼마나 더 좋았을까 생각했고, 아쉬운 대로 어렸을 때 도시에 살다가 지금 동네로 이사 온 거라고 거짓말을 했다. 꽤 오래 유지한 거짓말이었다.

한글 맞춤법을 제대로 배우지 못한 채로 학교를 졸업하기도 하는 시골 아이들 사이에서 군(郡)이나 도(道) 단위의 대회에 나가 곧잘 상을 타왔던 나를 선생님들은 매우 예뻐하셨다. 이따금

누가 전학 올 때마다 나는 조금 긴장했지만 다행히 공부를 잘하는 전학생은 없었고 그마저도 금세 다시 전학을 갔다. 도시 생활에 지쳐 고향으로 돌아온 그애들의 아빠들은 밭일보단 공장일이 낫다고 생각한 모양이었다.

그러던 어느 날, 조금 다른 유형의 전학생이 등장했다. 영화 〈우리들〉처럼 딱 초등학교 4학년 때였다. 하얀 얼굴이 '도시 포스'를 팍팍 풍기는 아이였다. 그 아이의 아빠는 공장일보다 농사일이 낫다고 판단했는지 집을 고치고 화장실을 수리하더니, 마을 이장이던 우리 아빠와 어울려 자주 술을 마셨다.

나는 영화 속의 '보라'가 되었다. 그 애와 놀지 않았고 다른 아이들에게도 그 애와 말을 섞지 말 것을 종용했다. 그렇게 며칠이 지나자 그 친구의 엄마가 우리를 집으로 초대했다. 갔더니 고소하고 달큰한 이런저런 음식이 잔뜩 차려져 있었다. 그날 하루는 그 친구와 웃고 떠들었지만 그뿐이었다. 다시 그 친구를 따돌렸다. 얼마가 지나 이번에는 담임 선생님이 나를 부르셨다.

"너 왜 ○○이랑 안 노니? 그러지 마라. 사이좋게 지내야지."

교무실에 다녀온 뒤 나는 친구들에게 '○○가 선생님한테 일러바쳤다'고 말하고는 더 악랄한 따돌림을 감행했다. 영화에도 나온다. 아이들의 세계에서 어른들은 아무 도움이 안 된다.

이듬해, 학년이 바뀌면서 상황이 달라졌다. 그 친구는 우리 동네에 살지 않는 다른 여자애들과 어울리며 세를 불리더니, 나를 따돌리기 시작했다. 나는 '선이'로 전락했다. 공부를 잘하는 것, 선생님한테 예쁨받는 것, 조회 시간에 앞에 나가 상을 받는 것이 내가 재수 없는 이유가 됐다. 반장이어서 앞에 나가 학급회의를 진행할 때면 아무도 말을 하지 않아 혼자 벌서듯 서 있었다. 그 아이는 의기양양하게 나를 쳐다보며 눈으로 말했다. 내 솜씨 어때?

그렇게 번갈아 따돌림을 주고받는 새 초등학교 시절이 끝났다. 중학교에 갔더니 한 반에 45명씩 다섯 반이나 되는 데다 그 친구나 나나 그 많은 아이들을 휘어잡을 만한 능력은 안 되었기에 각자 자기 무리의 친구들 속에서 평범하게 사춘기를 보냈다.

왕따에 얽힌 이런 기억을 나는 오랫동안 부끄러워했다. 꽤 커서까지 사람들과 어울리는 기술이 부족하다고 느껴질 때마다 따돌림당했던 초등학교 때의 기억이 자동으로 소환되었다.

10대 초반 나를 지배했던 감정이 '난감함'이었다는 걸 영화를 보며 떠올렸다. 선이가 훔친 색연필을 바라볼 때처럼, 혹은 영국에 가본 적 없는 지아가 거짓말을 들켰을 때처럼 나는 자주 난감했다. 고독감, 외로움, 아무도 날 좋아하지 않는다는 공포, 누구에게 물어봐야 할지 알 수 없는 답답함이 뭉텅이로 날 덮쳤는데,

지금은 이렇게 명명하는 그런 감정들이 당시에는 뭐라고 불리는지도 몰랐다. 하여 다시, 난감했다. 선생님에게 제출하는 용도가 아닌 나 혼자 보고 마는 일기를 처음 따로 쓰기 시작한 게 그 무렵이었다. 자물쇠가 달린 하드커버의 도톰한 일기장. 버리지 않았으면 얼마나 좋았을까.

영화 〈우리들〉이 보여준 적나라한 열한 살의 표정.

적의와 호의를 감출 줄 모르는 순진무구한 난폭함.

어른들 사이에서 벌어지는 일들의 원시 버전.

보라처럼 못되게 굴기도 했고, 선이처럼 지질하기도 했고, 지아처럼 물건을 훔치거나 거짓말을 하기도 했던 열한 살의 나.

지금 내가 하는 말과 행동은 거기서 고작 한두 걸음 걸어 나왔을 뿐임을 영화는 깨닫게 한다. 나는 여전히 보라이자 선이이고 지아다.

내 딸들도 언젠가 이런 권력 다툼을 겪게 되겠지. 공부 따위보다 훨씬 중요했던, 열한 살 인생의 전부였던 친구 전쟁. 그때 엄마로서 내가 할 수 있는 건 열한 살 때 내가 얼마나 진지했었는지를 기억하는 것뿐이리라. 아이들의 세계에서 어른들은 거의 도움이 안 되니까.

아이들 눈높이에서 촬영하느라 어른들의 얼굴은 코 윗부분이 잘리기 일쑤인 이 사랑스러운 영화를 보면서 언젠가 내 딸들의 시야에서 내가 사라졌을 경우 유념해야 할 행동 지침을 생각했다. 동생을 맡기지 말아야지. "요새 무슨 일 있어?"라고 묻지 말아야지. 학원에 다니고 싶다고 할 때 보내주고, 싫다고 할 때는 억지로 보내지 말아야지.

봉숭아 꽃물 들이느라 손가락에 실을 묶고 잠들었던 밤처럼 영화가 끝나고 한참 뒤까지 이렇게 알싸한 통증이 남는다. 참 좋은 영화다.

내 남편을 키운 분에 대하여

워킹맘들은 아이를 낳고 회사에 복직할 때 대리 양육자를 누구로 할지 결정해야 한다. 보통은 세 가지 정도의 선택지가 있다. 친정엄마, 시어머니, 베이비시터. 첫째를 낳고 넉 달 반의 짤막한 휴식을 끝낸 후 일터로 돌아가면서 나는 시어머님께 아이를 부탁했었다. 어머님이 매일 우리 집으로 출퇴근하며 아이를 봐주셨다. 내 출근 시간 전에 우리 집에 오셨다가 나나 남편이 퇴근해야 당신 집으로 돌아가셨다. 우리 부부는 밤이 이슥해져서야 퇴근하기 일쑤였다. 참 쉽지 않은 일상이었다. 어머님이 하율이를 키워주셨던 약 2년간 나와 남편은 미친 듯이 싸웠다. 심지어 두어 번은 시어머님과도 언성을 높였다. (그날은 남편의 생일이었다. 남편 생일에 시어머님과 싸우는 여자였다, 나는.)

육아휴직을 하고 내가 직접 아이를 돌보는 지금 시어머님은 이런저런 사정상 다른 지역에 살고 계신다. 우리 셋은 평화를 찾았고 나는 뒤늦게야 시어머님께 했던 내 행동을 후회한다. 서로 상처를 조금 덜 주고받을 방법이 있었을 것 같아서다. 그때는 왜 그렇게 힘들었을까. 시어머님의 무엇이 그렇게 싫었을까. 시어머님을 대리 양육자 삼아 회사 생활을 하려는 워킹맘들에게 타산지석이 될까 하여 적어보는 글이다.

내 시어머님은 남편과 일찍 사별하고 두 아들을 번듯하게 키워내신 분이다. 나는 그토록 생활력 강한 분을 본 적이 없다. 감자나 포도 같은 것들은 꼭 한 박스씩 사셨다. 이번 주에 먹을 만큼 두세 개 정도만 사셨으면 좋겠는데, 이렇게 사야 싸다며 꼭 박스로 사서 냉장고가 가득 차도록 꽉꽉 넣어두셨다. 나는 물건들에 라벨을 붙여 칸칸이 수납하는 걸 좋아하는 종류의 인간이다. 정리가 되지 않은 냉장고 문을 열 때마다 숨이 막혔다.

어머님은 음식을 조금도 버리지 못하셨다. 아이가 세 숟갈쯤 남긴 이유식도 냉동실에 넣어두셨다. 그런다고 나중에 그것을 먹게 되지는 않는데도 말이다. 버리는 걸 워낙에 아까워하시는 분이어서 음식물 쓰레기는 늘 어머님 몰래 버렸다.

어머님이 집 안의 쓰레기를 검은 봉지에 담아 밖에서 버리시는 것도 싫었다. 화장실 휴지통에 있는 내 생리대 같은 내밀한 생활의 흔적들이 밖으로 옮겨지는 게 너무 찝찝했다. 집에 가실 때마다 쓰레기를 챙기시는 어머님을 보며 겉으로는 "안녕히 가세요"라고 했지만 속으로는 '쓰레기봉투 값, 그거 얼마나 한다고……'라고 생각했다.

여기저기서 장난감을 얻어 오시는 것도 마음에 안 들었다. 그것들은 대부분 짝이 안 맞거나 낙서가 있거나 일부 구성품이 없었다. 넓지도 않은 집이 그런 장난감들로 어질러지는 게 참 싫었는데, 더 싫은 건 하율이가 그걸 잘 갖고 논다는 거였다. 그래서 어머님은 계속 어디선가 그런 걸 가져오셨다. 옷도 많이 얻어오셨다. 2~3년은 더 있어야 입힐 수 있는 사이즈였고, 그때가 된다 해도 내가 입힐 것 같지 않은 스타일이었다.

여기까지 읽은 많은 시어머니들은 속으로 그럴 것이다. '해줘도 지랄이네.' 맞다. 내가 생각해도 우리 어머님은 최선을 다해 살림과 육아를 해주셨다. 자기 살림처럼 알뜰하게 하셨다. 그런데 내 입장에서는 바로 그게 스트레스였다. '자기 살림처럼' 하시는 것. 며느리, 그것도 아이를 맡기는 입장인 주제에 시어머님에게 살림 스타일이 어쩌고저쩌고 할 수는 없었다. 밤늦게 퇴근해 녹초가 된 몸으로 냉장고와 서랍을 정리했다. 그냥 좀 포기하고 지저분하게 살면 어떠냐 싶겠지만 어쩌겠는가, 내가 내 성질을 못 이기겠는걸. 몸도 피곤하고 마음도 힘들었다.

그렇게 쌓인 스트레스가 남편에게 갔다. 시어머님한테 말하지 못한 것들을 남편에게 쏟아내기 시작한 것이다. 어디가 지저분하네, 세탁기를 한꺼번에 돌려서 옷이 망가졌네, 잡동사니가 하도 많아서 집 안이 엉망이네……. 사오정 입에서 나방이 나오듯 끝도 없이 말이 나왔다. 내가 얼마나 못 참는 인간인지 그때 알았다. 나는 참은 게 아니라 차곡차곡 쌓아뒀을 뿐이었다. 단 하나도 삼키지 못하고 고스란히 남편에게 뱉어냈다. 그러면 안 된다는 걸 머리로는 알았지만 마음속에 가득 찬 불만이 이성을 마비시켰다.

우리는 자주 싸웠다. 집안일을 하다가, 영화를 보고 돌아오는 차 안에서, 애 앞에서, 정말 시도 때도 없이 싸웠다. 대로변에서도 싸워봤다. 화해해보자고 점심시간에 남편이 회사 앞으로 찾아와서 같이 점심을 먹었는데도 화해가 안 되었다. 결국 식당 앞 길바닥에서 둘이 소리소리 질렀다. 대로변에서 악쓰고 싸우는 것, 연애 때는 그래도 추억이라고 여길 수 있지만 결혼하고 나니 그런 싸움 끝에는 상처만 남더라. 남편과 시어머님이 있는 집, 내 취향과는 거리가 멀어진 집, 일거리가 가득한 집으로 나는 정말 들어가기 싫었다. 그런데 절망스럽게도 그 집에 내 아이가 있었다. 바람이라도 쐴 겸 영화나 보고 들어갈까, 누구와 술 한잔하고 들어갈까 하다가도 아이가 눈에 밟혔다. 마음은 외로웠고 몸은 고단했다.

이럴 바에야 차라리 베이비시터를 쓰자고 남편이 몇 번이나 이야기했다. 자기 엄마가 고생은 고생대로 하는데 아내는 불만에 가득하고, 부부 관계는 점점 나빠지고……. 그도 참 힘들었을 것이다. 아이러니하게도 번번이 반대한 건 나였다. 죽도록 싫다면서 정작 바꾸는 건 안 된다니, 이 무슨 자아 분열적이고 마조히즘적인 행태냐고? '그래도 아이에게 모르는 아줌마보다는 할머니가 낫지' 하는 생각 때문이었다. 그건 내 나름의 모성애였다. 나는 내 마음에 들지 않는 살림과 육아 방식을 모성애로 참았다.

어느 날 너무 힘들어서 엄마한테 전화해 한참 시어머니 흉을 봤다. 이것도 저것도 다 마음에 안 들지만, 그렇다고 다른 사람에게 아이를 맡기지는 못하겠다는, 듣는 사람 입장에서는 "아 뭐 어쩌라고!" 하는 말이 절로 나올 법한 하소연이었다. 다 듣고 나서 엄마가 그러셨다. "살림 잘하는 베이비시터를 쓰면 네 마음이 편할 것 같아? 그건 그거대로 '아이 안 보고 청소만 한 거 아닌가' 불안할 거야. 어차피 네가 키울 거 아니면 뭐 하나는 감수할 수밖에 없어." 그리고 덧붙이시는 말. "네 남편을 키우신 분이야. 네가 선택한 남자를 키운 게 그 엄마잖아. 네 딸도 잘 키우실 거야."

결과적으로 엄마 말이 맞았다. 육아휴직을 하고 하율이와 시간을 보내면서 내가 회사에 살다시피 하는 동안 하율이는 할머니 손에서 참 밝게 자라고 있었다는 걸 알게 되었다.

사실은 여기까지 써놓고 며칠 동안 이 글의 마무리를 못 지었다. 결론을 낼 수 없었기 때문이다. 시어머님께 죄송하고 감사한 마음은 분명히 있지만, 그렇다고 내가 시어머님의 싫었던 부분을 받아들이게 됐냐 하면 그건 또 아니다. 여전히 어머님은 우리 집에 오실 때마다 쓰레기가 담긴 봉지를 들고 가시고 난 그 모습에 마음이 답답하다. 아마 지금 이 정도나마 시어머님과 편안한 관계를 유지하는 건 우리가 물리적으로 좀 떨어져 지내기 때문일 것이다. 그러다 얼마 전 남편의 일기를 보았다(내 오래된 취미

중 하나다).

"내 엄마는 시어머니. 나를 살게 한 내 어머니를 아내는 싫어 한다."

이 두 문장이 전부였다. 사실을 적시했을 뿐, 감정의 토로나 해결책에 대한 고민은 없는 그 짧은 일기를 보며, 마음이 참 아팠다. 남편의 포기가 느껴졌다. 남편이 불쌍했고 시어머님도 안쓰러웠다.

여성학자 박혜란 선생님은 《결혼해도 괜찮아》라는 책에서 남편을 "결혼하지 않았다면 내가 평생 그리워했을 사람"이라고 부르셨다. 시어머님도 마찬가지인 것 같다. 고부 사이로 만나지 않았다면 내가 존경했을 여성.

시어머님께 아이를 맡기고 출근하려면 시어머님과 가족이 되겠다는 결심이 동반돼야 한다. 사실 요즘 세상에 시어머님과 며느리, 쿨하려면 얼마든지 쿨한 관계로 지낼 수 있다. 용돈 잘 보내드리고, 때 되면 덕담 주고받으면서, 서로 크게 간섭하지 않고 예의 바르게. 그런데 '육아'라는 과업을 함께 수행하면서는 그게 불가능하다. 자기주장이 강한 예순 살 여자와 되바라진 서른 살 여자가 만나 가족이 되는 건 스물 몇 살의 또래 남녀가 만나 가족이 되는 것보다 훨씬 어렵다. 나는 그걸 몰랐다.

복직 전날 밤의
상념

육아휴직을 끝내고 회사에 복직하기 전, 미리 해둬야 할 일.

1. 마지막으로 혼자만의 시간 갖기. 여행을 다녀올 수 있으면 더 좋다.
2. 아이에게 충분히 설명해주기. 출근 날 아침에 울고불고 하지 않도록.
3. 회사 부장님, 어린이집 선생님, 남편에게 복직을 미리 알릴 것. 특히 남편에게 앞으로 최대한 일찍 귀가해야 하고, 집안일에 더 신경 써야 함을 확실히 숙지시킬 것.
4. 비상시 행동 지침 마련해두기. 엄마가 야근할 때, 아이가 아플 때, 베이비시터 이모님께 무슨 일이 생겼을 때 등등.
5. 복직 초반, 정신없을 게 분명한 시기를 위한 대비. 대청소 해놓기, 기저귀 · 분유 · 화장지 · 세제 등 미리 장 봐두기, 반찬 만들어두기.
6. 음식, 청소, 빨래 등 집안일을 남편과 어떻게 분담할지 미리 계획해둘 것. 절대 혼자 다 할 수는 없다. 필요한 경우 반찬가게나 가사도우미의 도움을 받는 방법도 적극 고려할 것.
7. 출근 복장 미리 구비하기. 신체 사이즈가 달라져서 전에

입던 옷은 못 입는다.

8. 미용실 다녀오기.

9. 베이비시터 이모님과 시어머님께 맛있는 점심 사드리기. 내일부터 잘 부탁한다고 말씀드리면서.

10. 준비를 다 못 해 마음이 심란해도 최선을 다해 잠들기. 내일부터 분주해질 일상을 위해 할 수 있는 일, 지금으로선 잠을 자두는 것뿐이니.

나는 이럴 때 씁니다

1.

한 달에 한 번씩 돌아오는 숙직 날, 나는 씁니다. 불편한 잠자리, 유쾌하지 않은 샤워실, 혹시 있을지 모를 비상상황에 대한 긴장감, 낮부터 연거푸 마셔댄 커피 때문에 말짱한 듯 몽롱한 정신, 남편 혼자 애 둘을 잘 보고 있나 불안한 마음……. 숙직이 싫은 이유는 끝도 없이 많지만 그 와중에 굳이 좋은 점을 꼽자면 나에게 집중할 수 있는 시간, 워킹맘에게 거의 불가능한 바로 그것을 누릴 수 있다는 점입니다. 심야 프로그램 스태프들만 드문드문 앉아 있는 썰렁한 라디오국 사무실에서 나는 이것저것 생각나는 대로 즐겁게 끼적입니다.

2.

영화 〈아가씨〉에서 하녀 '숙희'가 분연히 떨쳐 일어나며 내뱉는 대사가 있습니다.

"아가씨는 수줍게 떨며 앉았고, 신사 분은 짓궂게 다가가고, 눈치 빠른 하녀는 두 상전을 위해 자리를 비켜줬고. 잘들 하고 있어, 숙희야. 모두가 빌어먹게도 제 역할을 잘하고 있어. 니미럴."

오후 3시쯤 수런거리는 사무실을 휘 둘러볼 때 문득 그 대사가 생각납니다. 책상에 앉아 있는 내 모습이 부감 숏(위에서 내려다보는 숏)으로 내려다보이면서 숙희의 목소리가 들리는 듯합니다. 다들 제 역할을, 빌어먹게도 잘하고 있어.

그럴 때 글이 쓰고 싶어집니다. 이 사무실, 이 회사, 내 인생, 이 세상이 통째로 거대한 역할놀이를 하는 듯이 느껴질 때. 아가씨와 백작과 본인이 각자의 역할에 충실한 것에 심사가 뒤틀려 깽판을 놓는 '숙희'처럼, 딱 그런 마음입니다. 내게 맡겨진 역할이 아닌 다른 일을 하고 싶어질 때, 착착 들어맞는 톱니바퀴 같은 내 일상이 징그럽게 느껴질 때 뭐라도 쓰게 됩니다.

3.

앞에서 '글 쓰는 일'을 '똥 싸는 것'에 비유했었습니다. 이번에도 그 비유를 가져오고 싶습니다. 무언가 쓰고 싶은데 막상 쓰려면 막막한 경우 저는 글이 나올 때까지 꾸역꾸역 집어넣습니다. 변비로 고생하던 시절 제가 깨달은 진리입니다. 먹다 보면 싸게 돼 있습니다. 채소를 많이 먹으면 더 빨리 나옵니다.

글도 비슷한 것 같습니다. 영화도 보고, TV도 보고, 음악도 듣고, 책도 읽고, 그렇게 꾸준히 집어넣다 보면 결국엔 글로 쓰고 싶은 내 이야기가 생깁니다. 경험상 책이 효과가 좋습니다. 내 뇌가 먹는 여러 양식들 중 책이 채소인가 봅니다. 읽고, 보고, 들어서 무언가 꽉 찬 느낌일 때, 쏟아내지 않고는 못 견딜 마음일 때 글을 씁니다. 꼴깍꼴깍 차올라 '이건 내가 어떤 식으로든 말해야 한다'는 심정일 때, 누에가 고치를 뽑듯 한 문장 한 문장 적어 내려갑니다.

《영어책 한 권 외워봤니?》라는 베스트셀러를 내신 MBC 김민식 PD님은 매일 블로그에 글을 한 편씩 쓰십니다. 김민식 선배를 만났을 때 말했습니다. 어떻게 그렇게 하시냐고, 정말 대단하시다고, 저는 '뭔가 쓰고 싶다'는 마음이 가득 차오를 때 겨우 하나씩 글이 나온다고 했더니, 민식 선배가 그러시더군요. "수연 씨 글에는 그런 마음이 느껴져."

왠지 모르게 그 말이 좋았습니다.

"아, 글 마렵다"라고 중얼거리며, 나는 씁니다.

3
언제나 타인

자기 몫의 인생

3월은 잔인한 달이다. 아이를 어린이집에 보내본 부모들은 안다. 조막만 한 손으로 내 팔을 부여잡는 그 어린것을 어린이집 선생님이 억지로 떼어내 데려갈 때 우리 모녀에게 세상이 왜 이러나 싶으면서 그렇게 잔인하게 느껴질 수가 없다. 떨어지지 않으려고 내 팔뚝을 꽉 쥐고 있다가 아이가 기어이 떨어져나가는 순간, 옷소매가 뜯어지는 느낌, 아니 내 피부가 떨어져나가는 느낌이다. 오열하는 아이에게 웃으며 '바이바이'를 하고 돌아서며 몇 번이나 눈물을 쏟았다. 하율이를 처음 어린이집에 보냈던 3년 전 3월은 그랬다.

시간이 흘러 둘째 하린이를 어린이집에 보낼 시기가 오자 나는 2월부터 긴장했다. 더구나 하린이는 12월생이어서 또래 친구들보다 훨씬 발달이 더뎠다. 이제 겨우 걸음마를 시작한 아이를, 말도 제대로 못 하는 아이를 저기 혼자 두고 일을 하겠다고 나는 이러는구나. 두 번째인데도 그 울음소리에는 도저히 적응되지 않았다. 이론적으로는 잘 안다. 웃으면서 과감하게 돌아서야 한다는 것, '이별 의식'은 짧을수록 좋다는 것, 엄마가 눈앞에 안 보이면 의외로 아이는 잘 지낸다는 것, 어느 정도 시간이 지나면 곧 울지 않고 헤어지는 날이 온다는 것……. 아무리 알고 있어도 가슴이 아픈 건 아픈 것이다. 아이 때문에 마음이 찢어지는데, 이성이 틈입할 여지가 있겠는가.

무슨 부귀영화를 누리자고 아침마다 이렇게 애를 울리나, 그냥 회사 그만두고 아이 키우는 데 전념할까, 불쑥불쑥 충동적인 생각이 들 때마다 그 선택지를 마음에서 지워버리려고 애를 썼다. 애초에 그 카드는 없는 거라고, 나는 회사에 가야 하고 아이는 죽으나 사나 어린이집에 적응해야 한다고 마음을 다잡으며, 나는 '개별적 자아'라는 단어를 중얼거렸다.

하율이는 하율이의 삶이 있다. 하린이는 하린이가 감당해야 하는 몫이 있다. 내가 떠나고 선생님과 또래 친구들 틈에 홀로 남을 아이를 상상하면 너무 어색하고 불안하고 안쓰러웠지만 인생은 원래 그런 것이라고 생각하려 했다. 나와 함께 있던 시간에도 내가 이 아이의 무언가를 대신 해줄 수는 없지 않았던가. 젖 빠는 것, 잠드는 것, 응가 싸는 것……. 아이는 모든 게 처음이라 힘들었고, 그래서 자주 울었지만 그때부터, 아니 어쩌면 배 속에서 태동할 때부터 자기 몫의 인생을 감당해왔다.

결국 나는 이 아이와의 이별에 익숙해져야 할 것이라고도 생각해보았다. 지금은 아이가 내 등을 보고 있지만 얼마 지나지 않아 내가 아이의 등을 보는 날들이 훨씬 많아질 것이다. 곧 책가방을 메고 뛰어가는 아이의 뒷모습을 배웅할 것이고, 스물 언저리에는 혼자 살겠다고 짐을 싸서 떠나는 아이를 보내야 할 것이고, 언젠가는 제 남자와 손잡고 버진로드를 걷는 모습을 뒤에서 봐야 할지도 모른다. 오늘의 이별은 그 많은 헤어짐의 서막일 뿐이라고, 그렇게도 생각해보았다.

선생님이 아이를 달래는 동안 나는 나를 달래야 했다. 개별적 자아고 나발이고, 이별의 서막이고 뭐고 간에 아이의 울음소리가 내 뒤통수를 잡아당기는 느낌에 참 괴로웠다. 혹시 엄마와 같이 있는 시간이 너무 적어서 아침에 더 안 떨어지려고 하는 건가 싶기도 했다. 밤 프로그램을 했던 시기에는 종종 12시가 다 되어 퇴근하곤 했는데, 아이는 그때까지도 자지 않고 나를 기다렸다. 엄마 얼굴을 채 한 시간도 못 보고 잠들었는데 아침에 또 어린이집에 가느라 헤어져야 하니, 내가 생각해도 아이에게 잔인한 일이었다. 이 아이가 어린이집에 적응할 거라는 사실이 도무지 믿어지지 않았지만 선생님이 알림장에 올려주시는 아이의 웃는 사진을 보며 가까스로 믿음을 유지했다.

육아를 하면서 부딪히는 많은 문제들이 그렇듯 '3월의 고통'도 시간밖에 답이 없는 듯하다. 당하는 수밖에, 겪어내는 수밖에, 아이는 울고 나는 괴로워하면서 시간이 지나길 기다리는 수밖에 방법이 없어 보였다. 시간이 지나야 해결되는 일을 만날 때는 어떤 자세가 좋은 걸까 자문해본다.

회사에서 일이 좀 많았던 시기가 있었다. 출근해서 화장실도 제때 못 갈 정도로 일을 해도 퇴근 시간을 훌쩍 넘겨서까지 못 끝내는 하루가 반복됐다. 숨 쉴 틈 없이 헉헉대며 종일 뛰어다녀도 일을 쌓아둔 채 퇴근하는 마음은 허탈함이었다. 정신없을 내일을 예상하며 회사를 나설 때마다 힘든 몸 못지않게 그 허탈함에 괴로웠다.

아마 대부분의 직장인이 회사 생활을 하다 보면 이따금씩 그런 시기를 만나지 않을까. 내 경우 몇 번 그런 전쟁을 치르다 보니, 나름대로 '마인드 컨트롤 스킬'을 습득하게 됐다. 어떤 일들은 그 '일'이 끝나야 끝나는 게 아니라 그 '시간'이 지나야 끝난다는 것, 그러니까 '이 일을 다 끝내고 퇴근하리라'는 임전무퇴의 각오보다는 '오늘이 끝나면 퇴근하자'는 마음가짐이 버티기에 낫다는 것이었다. '결국 시간이 지나야 해결될 일'을 만났을 땐 오늘의 몫만큼만 견디는 게 방법이 아닌가 한다.

3월에 처음 하린이를 어린이집에 보내며 이 글을 쓰기 시작했는데, 글을 마무리하는 지금은 6월이다. 요즘도 가끔 아침에 웃으며 선생님께 안기는 하린이를 보면 '이거, 실화냐?' 싶다. 거짓말처럼 시간은 흘렀고 아이는 자랐고 어린이집에 익숙해졌다. 이렇게 또 한 번, 안도한다. '다른 카드는 없다'는 마음으로, 배수의 진을 치고 육아에 임해야 하는 부모에겐 한 계절을 나는 게 이처럼 기승전결이 뚜렷한 드라마 한 편이다.

어른의 언어

1.

그때 나는 입사 3년 차였다. 〈김미화의 세계는 그리고 우리는〉이라는 프로그램의 조연출로 발령을 받았고 주 1회 방송되는 〈문화야 놀자〉라는 프로그램의 연출을 같이 하게 되었다. 그때의 나는 지금보단 생기발랄했다. 내가 라디오 PD가 되었다는 사실에 여전히 흥분이 가라앉지 않은 상태였고, 일주일에 적어도 3일 이상은 취하도록 술을 마셨으며, 마시지 않은 날도 취한 듯이 살았다. 기운이 뻗쳤다. 〈문화야 놀자〉의 진행자를 교체하기로 마음먹은 건 어쩌면 내가 너무 기운이 뻗쳤기 때문인지도 모른다. 왜 진행자를 바꿔야 하는지, 내가 생각하는 진행자 후보는 누구인지, 장문의 이메일을 담당 부장에게 보냈다. 그때의 나는 그렇게 시키지도 않은 일을 곧잘 했다. 1순위는 영화평론가 이동진이었다. 섭외해보라는 허락이 떨어졌다.

대학 시절부터 이동진 평론가의 팬이었다. 그의 글이 참 좋았다. 글을 통해 내가 상상했던 그의 이미지는 '각혈하는 일제강점기 지식인'이었다. 예민하고 우울할 것 같았다. 비쩍 마른 남자일 거라고 생각했다. 어릴 때부터 내 이상형은 지적이고 예민한 마른 남자였다. 한 번도 그런 남자와 연애를 해본 적은 없지만.

빈 스튜디오로 들어가 문을 닫고 전화를 걸었다. 떨렸다. 그는 처음에 게스트 섭외 전화인 줄 알고 거절하려 했다. 진행자 제안이라고 다시 설명하자 단정한 말투로 "그 이야기는 제게 무척 흥미롭게 들리네요"라고 말했다. 그 대답은 내게 무척 애매하게 들렸다. 긍정적인지 부정적인지 감이 오지 않았다. 그의 작업실에서 만나 이야기를 나누기로 했다. 인사동에 있는 그의 작업실에 가기로 한 날 아침, 신중하게 옷과 신발을 골랐다. 너무 어리게 보이면 안 될 텐데. 호피무늬 니트 상의와 검은 치마를 입고 하이힐을 신었다. 팬이었다는 이야기는 하지 않기로 했다.

6개월 동안 〈이동진의 문화야 놀자〉를 연출하면서 그와 조금은 편하게 대화를 나누는 사이가 되었다. 평론가라는 직업 때문인지 그가 평소에도 무척 방어적인 화법을 구사한다는 것도 눈치챘다. "그 이야기는 제게 무척 흥미롭게 들리네요"라는 말이 그로서는 굉장한 긍정 표현이었다는 것도 알게 되었다. 노래방에서 투애니원의 노래를 부르는 그를 보며 나는 각혈하는 지식인은 어디 갔냐고 절규했고, 그는 호피무늬 옷에 하이힐을 신었던 내 모습을 놀려댔다. 내가 처음 연출을 맡았던 프로그램, 내가 처음 섭외했던 DJ였다. 그게 내가 오랫동안 팬심으로 바라보던 사람이라니, 다시 생각해도 참 복이다.

이동진 평론가는 여전히 '하루하루는 성실하게, 인생 전체는 되는 대로(이동진의 블로그 〈언제나 영화처럼〉의 대문 글)' 바쁘게 살고 있는 듯하다. 팟캐스트나 방송, 글을 통해 그를 마주칠 때면 문득 2010년의 내가 떠오른다. 선망하고, 설레고, 긴장하고, 흥분하던, 스물 몇 살의 나.

그때 나는 이동진이라는 진행자가 최대한 매력 있어 보이게 하려고 최선을 다했다. 방송 시간이 50분 정도였는데, 그게 너무도 짧게 느껴졌다. 이동진 씨는 정말 아는 게 많고, 그걸 재미있게 풀어낼 줄도 아는 뛰어난 이야기꾼이다. 50분 안에 담아내기에는 그가 품고 있는 세계가 너무 방대했다.

매번 방송 시간의 두 배쯤을 녹음해 편집했는데, 최대한 그의 말을 살리고 싶어서 갖은 재주를 부렸다. 말을 고르느라 "음……" 하고 머뭇거리는 시간은 무조건 들어냈다. 단어와 단어 사이의 짧은 침묵, 방송가에서 보통 '마가 뜬다'고 표현하는 그 공간도 최대한 잘랐다. 급기야 "제, 제가 오늘……" 하는 식으로 버벅대는 부분이 있으면 앞의 '제' 자를 잘랐다. 나는 최대한 그의 이야기를 많이 담아내고 싶었고, 낭비되는 시간이 아까웠다. 이동진 씨는 당시에도 라디오 방송을 오래해온 베테랑 출연자였다. 그는 방송을 듣고 내게 말했다. "편집을 정말 많이 하셨더라고요. 고생하셨겠어요." 그때는 '아, 나의 노력을 알아주는구나'라고만 생각했는데, 이제 와서는 그게 순수한 칭찬이 아니었을 수도 있겠다는 생각이 든다. 그런 식으로 조각조각 편집하는 게 정말 괜찮은 방식인지 한번 생각해보라는 얘기를, 예의 바른 그가 돌려서 말한 건 아니었을까.

시간이 좀 지나고 그때 내가 편집했던 방송을 들어보니, 뭐라고 표현해야 할까, '이동진의 말만 있고 이동진이라는 사람은 없는' 느낌이었다. 버벅거리는 부분, 어색하게 들리는 부분, 반복적인 단어들을 모두 빼버린 편집본을 두고 당시에는 '와우, 내 편집 신공 좀 보소. 사람 하나를 아나운서로 만들어놓았네!' 하고 만족했는데, 지금은 내가 잘라낸 그의 사소한 습관이나 말버릇이 결국은 그 사람의 인간미였을 수도 있겠구나라는 생각이 든다.

대화란 무엇일까. 이야기를 나눈다는 것은 우리에게 어떤 의미인가. 우리는 무엇을 주고받을 수 있을까. 아니, 무엇이라도 주고받기 위해선 어떻게 해야 할까. 버벅대는 부분, "음……" 하고 머뭇거리는 순간, 말을 고르는 동안의 침묵, 했던 말을 또 하는 단어의 낭비 등등 매끄럽지 못한 그 모든 순간 속에 대화를 나누는 상대방의 무언가가 들어 있는 건 아닐까. 특히나 아이와의 대화에서는 아이가 하는 말의 내용보다 그 외의 부분에서 많은 걸 느끼게 된다. 내가 편집했던 방송과는 반대로 말의 내용은 없어도 말한 사람은 느껴지는 대화, 그게 아이와의 대화인 것 같다.

2.

나는 아이들과 이야기할 때 많이 건조한 편이다. '아기 말투'를 잘 사용하지도 못한다. 이것은 나의 성향이다. 오글거리는 걸 못 견뎌한다. 어른에게 말할 때와 큰 차이 없이 아이를 대한다. 언젠가 한번 하율이가 친구네 집에 놀러 가겠다고 길에서 떼를 쓴 적이 있었다. 어제도 놀러 갔던 친구네인데 또 가겠다고 고집을 부렸다. 나는 말했다. "하율아, 아무리 친한 사이라도 계속 같이 있으면 질릴 수 있어. 떨어져 있다가 만나고, 또 떨어져 있다가 만나고, 그래야 더 재미있게 놀 수 있는 거야." 옆에서 듣고 있던 하율이 친구 엄마가 놀라워했다. '애한테 뭐 저런 말을 하나' 싶은 눈치였다.

하율이가 내 이야기를 전부 이해한다고 생각하진 않는다. 하지만 이런 식으로 말을 하는 내 진지한 태도 자체를 좋아한다는 느낌은 든다. '엄마가 할머니나 아빠한테 말할 때와 나에게 말할 때 큰 차이가 없다'고 느끼는 것, 자신을 어른처럼 대접한다는 자부심, 엄마와 뭔가 중요한 이야기를 나누고 있다는 으쓱한 기분을 하율이가 즐기고 있다고 생각한다. 어린이집 선생님들처럼 귀여운 말투로 적극적인 반응을 보이며 이야기를 나누지는 못하지만, 그래도 엄마가 자신과 진지하게 대화를 나누고 있다는 메시지는 주고 싶다.

물론 하율이가 조곤조곤(이라 쓰고 '주절주절'이라 읽는다)

말하는 내 설명을 늘 경청하는 건 아니다. 울며불며 계속 생떼를 부려서 결국 이를 악물고 협박하는 것으로 상황이 마무리되기도 한다. 그럼에도 하율이에게 '어른의 언어'로 길게 설명하는 걸 좋아하는 이유는 우선 내가 아이와의 대화에 성의 있게 임할 수 있는 데다가 말을 하면서 내 생각도 정리되기 때문이다. 오늘은 왜 친구네 집에 놀러 갈 수 없는지를 설명하며 사람 사이의 관계에서 '혼자 있는 시간'이 꼭 필요한 이유에 대해 생각하게 되는 것처럼. 그래서 하율이가 알아듣기 힘든 이런저런 이야기를 길게 늘어놓다가 때론 '이게 하율이한테 하는 말일까, 나 스스로에게 하는 혼잣말일까' 헷갈리기도 한다. 근데 이거, 한번 해보시라. 은근히 재미있다.

예시 1.

하율 : 엄마, 오늘도 회사 가야 돼? 나 맛있는 거 사주려고?

엄마 : 응, 엄마 오늘도 회사 가. 근데 꼭 하율이 맛있는 거 사주려고 가는 건 아니고 회사 가는 게 엄마한테 재미있고 필요한 일이라서 그래. 하율이도 나중에 직업이라는 걸 갖게 될 텐데, 엄마가 돼서도 직업을 갖는 게 좋은 이유는 뭐냐 하면…….

예시 2.

하율 : 엄마, 엘사는 왜 안나가 같이 놀자고 하는데 밖에 안 나오고 방에만 있었어?

엄마 : 아마 혼자 있고 싶은 기분이었나 봐. 안나한테 비밀을 말할 수 없으니까, 같이 놀기도 좀 그랬던 거지. 아무리 친해도 속마음을 다 얘기할 수 없을 때가 있거든. 엄마도 아빠랑 친하지만 말할 수 없는 게 있어. 그럴 땐 같이 놀기 싫고 혼자 있고 싶기도 해.

3.

나는 1950년대 팝송인 도리스 데이(Doris Day)의 〈케세라세라〉의 가사를 참 좋아한다.

내가 아주 어릴 때 어머니에게 물었어요.
난 커서 뭐가 될까요?
예뻐질 수 있을까요? 부자가 될까요?
어머니는 이렇게 말했어요.
케세라세라, 무엇이 되든,
미래는 우리가 볼 수 있는 게 아니란다.

내가 학교에 다니게 되었을 때 선생님에게 물었어요.

뭘 해볼까요?

그림을 그릴까요? 노래를 할까요?

선생님의 대답은 이랬어요.

케세라세라, 무엇이 되든,

미래는 우리가 볼 수 있는 것이 아니란다.

내가 자라서 사랑에 빠졌을 때 내 연인에게 물었어요.

우리 앞에 무엇이 있을까?

무지개가 있을까? 날마다?

내 연인은 이렇게 말했어요.

케세라세라, 무엇이 되든,

미래는 우리가 볼 수 있는 게 아니지.

이제 난 아이를 가지게 됐어요.

아이들이 엄마에게 묻네요.

난 커서 뭐가 될까요? 잘생겨질까요? 부자가 될까요?

난 부드럽게 대답해요.

케세라세라, 무엇이 되든,

미래는 우리가 볼 수 있는 게 아니란다.

이 노래를 들을 때마다 몽상하는 수다쟁이 소녀, 빨간 머리 앤

이 떠오른다. "난 커서 뭐가 될까요? 예뻐질까요? 연애도 하게 될까요? 날 사랑해줄 남자는 어떤 사람일까요?" 재잘재잘, 어른이 되었을 때를 꿈꾸는 여자아이의 모습이 그려진다. 그리고 이 소녀와 이야기를 나누는 엄마. "크면 알게 돼"라고 대충 대답하지 않고 부드럽게 웃으며 말한다. "무엇이든, 어떻게든 될 수 있단다. 예뻐질 수도 있고 그렇지 않을 수도 있어. 멋진 남자와 연애를 할 수도 있겠지만 고통스러운 사랑을 하게 될지도 몰라. 누구도 알 수 없어. 미래는 우리가 볼 수 있는 게 아니거든. 그저 흘러가는 대로 지금을 즐기는 수밖에."

어쩌면 지금 아이들과 대화를 나누는 이 순간이 이런 멋진 노래 가사의 한 장면이 될지도 모른다. 꼬치꼬치 묻는 아이의 질문이 귀찮아질 때 내가 지금 도리스 데이의 노래 속에, 혹은 〈사운드 오브 뮤직〉 같은 고전 뮤지컬 영화나 애니메이션 〈빨간 머리 앤〉 속에 들어와 있는 거라고 상상해본다. 어린 시절 사는 게 힘들 때마다 '《소공녀》의 주인공처럼 나도 어딘가에 진짜 부모님이 계신 걸지도 몰라. 그 부자 부모님을 만나게 되면 이렇게 저렇게 해야지'라고 상상하다 보면 시간이 수월하게 지나갔던 것처럼.

남편들에게

얼마 전, 남편에게 크게 감동한 일이 있었다. 내가 별다른 말을 하지 않았음에도 내 브래지어를 세탁망에 넣어 세탁한 것이다! 이런 지적인 남자! 결혼 5년 만에 나는 내 남편을 '세탁망을 사용할 줄 아는 인간'으로 만들어놓았다. '호모 세탁망쿠스'라고 종족의 이름이라도 지어주고 싶은 심정이었다. 친구들과 만나 이 이야기를 했더니, 다들 날 부러운 눈빛으로 바라보았다. 세탁망이라니, 세탁망이라니!

SNS에서 이런 이야기를 읽은 적이 있다. 남편이 빨래를 개면서 아내에게 그러더란다. "나 좀 봐. 진짜 가정적이지 않냐?" 아내가 대꾸했다. "빨래 개는 것 가지고 가정적이라고 하면…… 나는 집안일에 미친 여자겠네……?" 많은 아내들이 남편들에게 느끼는 답답함이 이 부분인 것 같다. 집안일을 하면서 '으쓱으쓱, 나는 참 가정적이야'라고 생각하는 것. 손 하나 까딱 안 하던 우리의 아버지들에 비하면 물론 고무적이지만 사실 집안일은 한집에 같이 사는 파트너로서 분담해야 할 당연한 일이지 않은가. 그리하여 나는 '세탁망 사용 기술'을 습득한 남편보다 지난 5년간 그를 가르쳐온 나의 끈기와 집념에 큰 박수를 보내고 싶다. 고생 많았다, 나여. 눈물이 나는구나. 내친김에 남편들에게 하고 싶은 이야기를 정리해본다.

1. 집안일은 공동의 일이다. 당신이 남자 룸메이트와 같이 산다고 생각하면 '절반 분담'을 당연히 여기지 않겠는가. 하물며 나는 당신보다 물리적으로 힘이 약하다. 당신이 더 많이 하는 게 오히려 자연스럽지 않은가. (외벌이에 전업주부라고? 그렇다면 전업주부에게도 직장 다니는 남편처럼 출퇴근과 휴일과 휴가의 개념을 적용해야 하지 않나. 그걸 요구하지 않는 아내라면, 고마워해야지.)
2. 나도 당신과 결혼하기 전까지 엄마가 해주는 밥을 먹고 엄마가 빨아서 개어준 속옷을 입었다. 당신과 마찬가지로 집안일에 '특별한 기술'이 있지 않다는 말이다. 나도 잘 못 한다. 많이 해서 익숙해졌을 뿐이다. 결혼한 지 몇 년이 지나도록 집안일에 서툴다면 아내에게 미안해해야 한다.
3. 아내가 남편을 칭찬할 때 대개는 '잘 달래서 이거라도 하게 해야지' 하는 생각으로 이를 악물고 웃는 경우가 많다.
4. 당신이 아무리 집안일을 많이 한다고 생각해도 아내가 그보다 많이 하고 있다. 억울해할 것 없다.
5. 시댁에 갔을 때 조카들이랑 놀아준다고 방에 들어가 있지 마라. 당신이 블록을 맞추는 동안 거실과 주방에선 많은 일이 일어난다.
6. 아이의 옷, 장난감, 유모차를 사는 게 내 쇼핑이냐? 도끼눈 좀 뜨지 마라. 정작 내 옷은 사지도 못했다. 뭘 사야 하는지

찾아보는 것도 육아에 속한다. 얼마나 시간과 품이 드는지, 당신도 한번 해보고 얘기하자.

몽상가와
현실주의자

나와 남편은 거의 모든 면에서 다르다.

나는 몽상가이고 그는 지독한 현실주의자다. 내가 주로 읽는 책은 소설이나 에세이인데, 그가 좋아하는 책은 실용서나 과학 서적이다. 최근에 남편이 도서관에서 빌려온 책은 엑셀 프로그램 활용서였다. 내가 최근에 산 책은《인생학교 : 일》이었다. 내가 이 책을 너무 감명 깊게 읽은 나머지 남편에게 그 내용에 대해 열변을 토하자 그는 '아니, 세상에 그런 쓸모없는 책이!'라는 표정을 미처 감추지 못해 나에게 타박을 받았다. 그는 하루 종일 숫자와 씨름해야 하는 금융회사에서 일하고 나는 내 월급도 제대로 계산하지 못하는 숫자치다.

연애 시절, 내가 MBC 입사 시험에 합격하고 나서 그가 축하한다며 했던 말은 이거였다. "나는 네가 떨어질 줄 알고 우리는 외벌이 부부가 될 거라고 생각했는데!" 어처구니없지만 나는 이 말에 감동했었다. 말도 안 되는 경쟁률의 입사 시험에 대책 없이 도전하는 나를 보며 그는 실패할 거라고 생각하면서도 말리거나 조언하지 않았다. 그저 '내가 혼자 벌어서 생계를 꾸려야겠군'이라고 생각했을 뿐이다. 이게 뭐랄까, 현실주의자의 로맨틱함으로 느껴졌다고나 할까.

그는 모든 물건을 사용한 그 자리에 두는 스타일이고 나는 뭐든 제자리에 정리하는 게 몸에 배어 있다. 결혼 초, 내가 정리해둔 거실 서랍을 보고 남편이 "군대도 아닌데 이렇게까지 해야 해?"라고 말한 적도 있다. 양말은 똑바로 뒤집어서 세탁바구니에 넣으라고 잔소리를 했을 때 그는 도무지 이해가 안 된다는 표정으로 "그냥 빨고 나중에 내가 뒤집어서 신으면 안 돼?"라고 물었다.

지난 주말 나들이에서 돌아와 그가 현관 앞에 던져둔 카메라 가방이 오늘까지 그 자리에 있다. 그는 아마 매일 출퇴근할 때 그 앞에서 신발을 신고 벗으면서도 그 가방이 거기 있다는 걸 인식도 못 할 것이다. 결혼 초였다면 아마 한바탕 잔소리를 해댔겠지만 오늘은 며칠째 저 자리에 있는 가방이 좀 재미있다. 내가 정리 좀 하라고 할 때마다 남편은 억울하다는 듯이 이렇게 항변한다. "어질러놓은 거 아니야. 그냥 바닥에 둔 거야."

나는 기억한다

나는 기억한다. 처음 하율이의 초음파 사진을 받아들고 하율이의 태명을 '2센티'라고 지으며 남편과 낄낄거리던 산부인과 복도의 공기를. 그때 우리는 아이가 자랄 때마다 태명을 '몇 센티'로 바꾸자고 얘기했었다.

나는 기억한다. 태명을 '9센티'로 바꾸던 날 내가 했던 생각을. 태아가 몇 센티까지 자라는지도 모른 채 섣불리 태명을 지었던 내 성급한 결정을 후회했었다.

나는 기억한다. 배 속의 네가 꿀렁거리던 태동의 느낌을. 그때 나는 심은하가 나왔던 옛날 드라마 〈M〉을 떠올렸다.

나는 2012년 3월 8일 하루 동안 있었던 모든 일을 기억한다. 2015년 12월 26일 새벽부터 밤까지 벌어진 일도 물론 선명히 기억한다. 하율아, 하린아, 너희가 엄마 아빠에게 오던 날의 풍경을 우리는 잊을 수가 없단다.

나는 기억한다. 갓 태어난 하린이를 유리창 너머로 바라보던 하율이의 빛나는 눈빛을.

나는 기억한다. 하율이를 낳고 다시 출근하던 첫날 내가 입었던 옷을. 사람들에게 내가 '아이 낳기 전과 똑같다'는 것을 보여주려 애쓰던 나의 조잡스러운 마음을.

나는 기억한다. 내가 감기에 걸려서 감기약을 지어왔을 때 친정엄마는 "얼른 먹어라" 하시고, 시어머니는 "애기 젖 주고 먹어라" 하셨던 걸. 그런 건 참 잊히지가 않는다.

나는 기억한다. 늦은 밤 술자리에서 내게 "어떻게 아기 엄마가 이 시간에 술을 마셔요?"라고 묻던 그 남자의 말투를. 그날 내가 불쾌감을 표시하여 술자리의 흥을 깨뜨린 것에 대해, 기어코 당신에게 사과를 받은 것에 대해, 나는 후회하지 않는다.

나는 내가 처음으로 '셋째를 낳고 싶다'고 생각했던 순간을 기억한다. 엄마가 돌아가시고 나는 깨달았다. 나와 같은 슬픔을 겪는 존재가 있다는 것, 그 사실만이 위로가 된다는 걸. 그건 남편도 자식도 아니고 형제자매였다. 내가 하율이와 하린이에게 해줄 수 있는 건 그런 존재를 최대한 많이 만들어주는 것뿐임을, 이제 나는 알게 됐다.

나는 내가 "우리 셋째 가질까?"라고 했을 때 소스라치던 남편의 얼굴을 기억한다.

나는 기억한다. 내가 남편에게 작년 결혼기념일 선물로 조 브레이너드의 책 《나는 기억한다》의 형식으로 우리의 역사에 대해 글을 써달라고 했던 것을. 당신이 '알았다'고 대답했던 것도 분명히 기억한다. 당신도 기억할 것이다. 빨리 내놔라, 내 선물.

* 조 브레이너드의 책 《나는 기억한다》를 흉내 냄.

자식의 인생에
개입할 수 있다는 생각

나에겐 세 살 어린 여동생이 있다. 학창 시절 내가 밋밋한 모범생이었던 반면 동생은 친구도 많고 좋아하는 가수의 팬클럽에도 가입해 신나게 즐기는, 나보다 훨씬 매력적인 여고생이었다. 사복을 입어야 하는 소풍날을 나는 그다지 좋아하지 않았지만 동생은 용돈을 모아 두세 벌의 옷을 미리 사두고 이리저리 코디해보며 '결전의 날'을 기다리는 타입이었다. 학교에서는 그녀가, 집에서는 내가 더 인기가 좋았다. 부모님은 '언니처럼 조신하지 못하다'며 동생을 나무라셨으니까. 정작 술 담배에 절어 사는 게 나일 줄은 모르시고.

어느 해인가, 소풍을 앞두고 동생이 당시 유행하던 통 넓은 바지를 사서 옷장에 걸어놓은 적이 있었다. 농구선수 야오밍이 입고도 남을 길이의, 그땐 정말 세련돼 보였던 검은색 바지. 그런데 동생이 야심 차게 샀던 그 바지를 엄마가 싹둑 잘라서 단정하게 꿰매버리고 말았다. 야오밍 반바지쯤 되는 길이로. 동생은 바지를 부여잡고 눈물을 뚝뚝 흘렸고 엄마는 "그런 옷 사지 말라고 엄마가 진작에 말하지 않았냐"고 말씀하셨다. 그 말투에서 '본때를 보여줬다'는 속내가 읽혔다.

이 슬픈 에피소드가 불현듯 떠오른 건 얼마 전 한강 작가의 소설 《채식주의자》를 읽으면서였다. 소설 속에서 고기를 먹지 않기로 한 주인공 영혜에게 아버지는 억지로 입을 벌려 고기를 쑤셔 넣는다. 영혜는 극렬하게 저항하다 과도로 손목을 긋고 병원에 입원한다. 여기서 히트는 엄마가 입원한 영혜를 속이고 흑염소 즙을 먹이려 한다는 것이다. 다 큰 딸의 입에 완력으로 음식물을 넣는 아버지도, 고기를 먹지 않겠다고 손목까지 그은 딸에게 흑염소 즙을 먹이려는 어머니도 모성애나 부성애라고 하기에 민망할 정도로 그로테스크했다.

《채식주의자》의 중요한 테마 중 하나가 '폭력성'이라고들 하고 특히나 어떤 평론가는 소설 속 아버지의 행동을 '남성적 폭력'이라 칭했는데, 나는 이들의 모습이 '한국적 폭력', 혹은 '한국 부모의 폭력'으로 읽혔다. 이를테면 그것은 자식이 내 마음에 들지 않는 옷을 계속 입을 때 그 옷을 가위로 잘라버리는 폭력이다. '저대로 두면 몸이 상할 텐데'라면서 입에 억지로 고기를 쑤셔 넣는 모습의 연장선에 '저러다 겉멋이 들어 공부를 안 하는 것은 아닐까' 걱정하며 바지를 잘라버리는 내 엄마가 있었다. 자식을 위해서 자식의 인생에 개입할 수 있다는 태도, 아니 개입해야 한다는 믿음, 그것도 아주 깊숙이, 물리력을 동원해서라도 달려들어 자식의 잘못된 면모를 바로잡아주려는 공격적인 모성 혹은 부성.

문제는 이게 폭력이라는 생각을 한국의 어떤 부모도 하지 않으리라는 것이다. 소설 속 아버지는 월남전 참전용사로 나온다. 나는 이 소설이 3일 만에 25만 권이 팔릴 만큼 열풍이라는 기사를 보고 이 책을 읽은 사람 중에 영혜의 아버지 세대에 속하는 사람도 있을까, 혹시 월남전에 참전했던 분도 계실까, 그들은 소설을 읽고 어떤 생각을 했을까 무척 궁금해졌다. 그래서 엄마에게 이렇게 물었다. "엄마, 어떤 여자가 채식을 해서 몸이 좀 말랐는데, 그 여자네 아빠가 억지로 입을 벌려서 고기를 막 쑤셔 넣었대. 그 아빠 좀 이상하지 않아?" 그랬더니 엄마 왈. "둘 다 이상하네. 아니, 채식을 왜 해, 채식을? 고기를 어느 정도는 먹어야 힘이 나는 법이지! 너도 이제 회사 다니려면 잘 챙겨 먹어야 해. 곰탕 좀 끓여줄 테니까 냉동실에 얼려놓고 한 팩씩…… 블라블라……."

엄마와 대화를 나누면서 나는 폭력성에 앞서 사고의 차이를 느끼곤 한다. 가령 아직 결혼 생각이 없는 내 동생에게 엄마가 퍼붓는 잔소리는 매우 폭력적이다. '엄마가 내 삶에 어떤 강요를 한다'는 사실에 답답해지기도 전에 '결혼하지 않은 여자는 불행하다, 늦게 결혼하면 아이 낳기 힘들다'는 그녀의 전근대적인 생각에 먼저 질식해버리는 것이다. 남녀가 화성과 금성만큼 멀다면 지금 한국 사회의 부모 세대와 자녀 세대 사이는 태양계를 관통하는 거리쯤 되는 것 같다.

나는 최근 시어머님에 대해서 내가 느끼는 불편함을 '고부 갈등'이 아니라 '세대 차이'로 규정하는 걸 시도하고 있다. '아무리 자식이라 해도 개인의 공간을 존중해야 합니다'라고 말한다면, 아마 어머님 세대들도 다들 동의할 것이다. 다만 각자 생각하는 '개인의 공간'의 범위가 다를 뿐이다. 중학생 딸의 옷장은 개인의 공간인가? 우리 엄마는 그렇지 않다고 생각했고 나와 동생은 거기에 동의할 수 없었다. 내 집 냉장고는 존중해야 할 공간인가? 나는 그렇다고 보지만 우리 시어머님은 생각이 다르신 듯하다. 그렇다면 손주를 돌봐주고 계시는 시어머니에게 며느리가 주장할 수 있는 '존중의 영역'은 어디까지인가? 이건 좀 더 미묘한 문제다.

얼마 전 시어머님이 우리 집에 친구 분을 데려오신 일이 있다. 그날은 내가 저녁 스케줄이 있어서 시어머님이 아이들을 봐주시기로 한 날이었고, 어머님은 친구 분의 방문에 대해 나와 남편에게 미리 이야기한 바가 없으셨다. 일이 끝나고 밤 10시쯤 집에 들어왔더니 난생처음 보는 아주머니가 혼자 식탁 의자에 앉아 계셨다. 나는 너무 놀라고 당황했다. 하지만 그 아주머니는 "어머님은 방에서 하율이 재우고 있어요" 하시며 태연히 웃으셨다. 그 한마디로 모든 상황을 파악한 내 순발력이 나는 지금도 기특하다. 간신히 표정을 관리하고 '현모양처 며느리 모드'로 전환하여 어머님과 친구 분을 배웅했다.

내가 없는 내 집에 친구와 함께 오시는 어머님도, 친구 아들네 집에 밤 10시까지 계시는 그 친구 분도 나는 참 불편하고 불쾌하다. 하지만 우리 시어머님의 생각은 단순하셨을 것이다. 며느리가 아기를 봐달라고 하고 본인은 친구를 만나고 싶으니까, 친구와 같이 아들 집에 가서 아기를 보면 될 거라는 생각. 어쩌면 두 분은 매우 만족스러우셨을지도 모른다. 너희 며느리는 이렇게 늦게까지 편하게 일을 보러 다닐 수 있으니 얼마나 복 받은 거냐고. 어머님이 나를 일부러 불편하게 하려고 했다거나 나를 무시해서 무례하게 행동한 게 아니라는 사실을 믿기로 하자 내게 이 사건을 설명할 가설은 하나밖에 보이지 않았다. 살아온 삶의 방식 차이, 살아온 시대 분위기의 차이, '개인의 공간'이나 '존중해야 할 물리적, 심리적 영역'의 범위를 다르게 규정하는 사고의 차이. 그러니까, 세대 차이.

이 차이에 대해 서로를 이해시킬 가능성은 아주 희박하다고 본다. 내가 아무리 고운 말로 예의 바르게 내 생각을 표현한다 해도 어머님은 서운하실 것이다. 경험상 그렇다. 남편은 더더욱 답이 아니다. 역시 내 경험에서 나온 말이다. 시어머님에 관한 문제를 싸움 없이 해소하는 방법을 나는 알지 못한다. 나의 시도는 늘 처참히 상처를 주고받는 것으로 끝나고 말았다. 이런저런 훈수들을 읽고 들었지만 실효성이 있다고 느껴진 적은 없다. (혹시 있다면 알려주시라. 진정 알고 싶다.) 그래도 어떤 문제들은 그 성격을 규명해보는 것만으로도 감정적인 흥분이 가라앉는 법. 나는 나와 시어머님의 차이가 세대 간의 사고 차이라고 결론지으면서 갈피를 잡지 못하고 남편에게 쏟아내던 분노가 조금은 조절되기 시작했다.

여성학자 박혜란 선생님이 《다시, 나이듦에 대하여》라는 책에 '신 시어머니 십계명'이라는 걸 쓰셨다. 이 글이 널리널리 퍼져서 내 시어머니에게도 전달되기를 바라는 마음으로 전문을 게재해본다. 중년 여성들 사이에 존재하는 강렬한 '카톡 전파력'을 응원해보기는 또 처음이다.

1. 나는 시어머니 이전에 나다.
2. 아들은 며느리의 남편이다.
3. 며느리는 딸이 아니다.
4. 며느리도 나와 같은 여성이다.
5. 아들네 집은 내 집이 아니다.
6. 며느리에게 가르치려 들지 마라.
7. 좋은 며느리란 따로 없다.
8. 아들도 며느리도 손님이다.
9. 칭찬하고 또 칭찬해라.
10. 생긴 대로 보여줘라.

P.S.

이 글을 내 브런치 계정에 올리고 나중에 허프포스트 사이트에도 게재했는데, 독자들의 댓글을 읽으며 '고부 갈등이 아니라 세대 차이다'라는 가설에 확신을 잃게 됐다. 적지 않은 이들, 특히 남성들이 '자녀 양육에 시어머니의 도움을 받고 있다면 개인의 공간을 존중받는 건 어느 정도 포기해야 하지 않느냐'고 이야기했기 때문이다. 사실 이것보다는 표현이 다소 과격한 댓글이 많았다. 말하자면 '밤 10시까지 시어머니한테 애를 맡긴 주제에 어머님이 친구 좀 데려왔기로서니 그게 뭐 그리 불만이냐'는 내용들이었다.

다시 앞에서 말한 내용의 반복이다. 아이들 양육 때문에 시어머님이 자주 집에 왔다 갔다 하신다면 '개인의 공간'은 어느 정도 포기해야 한다는 말, 맞다고 생각한다. 그렇다면 어느 정도를 포기해야 할까? 아들 며느리에게 별다른 이야기 없이 친구를 데려오시는 건 '포기해야 하는 정도'에 속하는 것인가? 본인이 알아서 이것저것 장을 봐서 냉장고에 넣어두는 건? 여기에 대한 해석이 다른 것 같다. 나는 아무리 손주를 봐주신다고 하더라도 침범해서는 안 되는 부분이라고 생각하는 반면 우리 어머님을 포함해 댓글로 반대 의견을 표현한 여러 사람들은 그 정도는 괜찮다고 생각하는 것이다. 그들에게 묻고 싶다. 아내나 남편이 집에 친구나 동료를 데려올 때 당연히 서로에게 미리 이야기를 하지 않겠는가? 함께 살고 있는 가족도 그게 에티켓인데, 왜 '손주를 봐준다'는 이유만으로 시어머님이 사전에 양해를 구하지 않고 친구를 집에 초대하는 것에 문제를 제기하는 게 비난받을 일인가?

나는 우리 시어머님과 친구 분의 당시 행동이 불편했고 싫었지만 왜 그러셨는지는 알 것도 같다. 심리적, 물리적으로 존중받고 싶은 개인의 공간, 침범당하고 싶지 않은 영역에 대해 나와는 이해도 경험도 다른 세대이기 때문이다. 오히려 일부 남성들의 댓글을 어떻게 이해해야 할지 잘 모르겠다. 같은 세대임에도 단지 성별이 다르다는 이유로 이렇게 생각이 다를 수도 있는 것일까? 세대가 다른 어른들뿐 아니라 같은 세대인 남성들로부터도 이렇게 멀리 떨어져 있는 우리 시대 여성들이 고립된 섬처럼 느껴진다. '우리 엄마가 애도 봐주는데, 그 정도도 못 참아?'라는 생각, 이건 도대체 어디서부터 어떻게 좁혀가야 하는 걸까?

너도 네가
네 마음대로 안 되지?

요 며칠, 내가 가장 많이 하는 생각은 '나는 왜 이럴까?'다.

나는 왜 이렇게 말이 많을까. 나는 왜 방금 전에 '하지 말아야지' 다짐한 말을 또다시 하고 있을까. 내가 망한다면 뭘로 망할까 생각해봤는데, 결론은 분명하다. 난 말로 망할 것이다.

나는 왜 이렇게 호들갑을 떨까. 이야기하고 보면 사실 별것 아니라 머쓱해지면서.

나는 왜 이렇게 흥분을 잘할까. 없어 보이게.

나는 왜 이렇게 감정적일까. 화내지 않고 조곤조곤 차분히 말하고 싶다. 제발.

나는 왜 이렇게 집중력이 약할까. 편집하다 막히는 부분이 나오면 왜 좀 더 버티지 못하고 바로 페북을 열고 딴짓을 할까. 그러다 시간이 훅 지나 결국 허둥댈 거면서.

나는 왜 내 단점을 알면서 고치질 못할까. "수연아, 너는 흥분하지만 않으면 돼"라는 애정 어린 충고를 선배에게 듣고 감동했던 게 벌써 몇 년 전인데, 그때와 조금도 달라지지 않은 내 모습에 스스로 지긋지긋하다.

나는 왜 이렇게 못났을까. 관심받고 싶고, 칭찬받고 싶어서 덥석 하겠다고 해놓고는 나중에 닥치고 나서야 깨닫는다. 내 능력을 상회하는, 내가 감당할 수 있는 범위를 벗어난, 다른 사람에게 넘겼어야 하는 일임을. 철회하기 쪽팔려 꾸역꾸역 하면서 내 경솔함을 후회하겠지.

나는 왜 이렇게 거짓말을 잘할까. 게다가 대부분의 거짓말은 잘난 척이다.

나는 왜 이렇게 게으를까. 운동을 시작하겠다고 다짐한 지가 언제고 영어 공부를 하겠다는 결심만 벌써 몇 번째냔 말이다.

나는 왜 나이를 서른다섯이나 먹고도, 입사 9년 차가 되고도, 애를 둘이나 낳고도 '나는 왜 이럴까'라는 쓸데없는 생각에서 벗어나질 못할까.

요즘 하율이에게 자주 하는 말. 왜 엄마가 한 번 말하면 안 듣니? 엄마가 아까부터 양말 신으라고 했는데, 아직까지 안 신었니? 만화는 두 개만 보기로 약속해놓고 왜 징징대니? 두 개만 보기로 했으면 두 개 끝나고 딱 꺼야지. 이렇게 말하는 순간의 나는 진심으로 짜증이 나 있다. 하율이의 교육을 위해서가 아니라 내 짜증을 못 이겨 하는 말이다.

내 못나고 한심한 모습을 보고 있자니, 내가 과연 하율이에게 이런 말을 할 자격이 있나 싶다. 내 삶은 하율이보다 훨씬 엉망이지만 하율이는 여섯 살이고 나는 서른다섯 살이라는 이유로 아무도 내게 뭐라고 하지 않을 뿐이다. 그러니 나는 하율이에게 "너도 네가 네 마음대로 안 되지? 엄마도 그래"라고 말하는 게 옳다. 너는 왜 그러느냐고 답답하다는 듯이 말할 게 아니라.

사실 제일 답답한 건 나잖은가. 나는 대체 왜 이럴까, 이 말이 지금도 사무치게 올라오는걸.

왜 혼을 내고
싶으세요?

아이를 키우면서 가끔 내 안의 괴물이 튀어나올 때가 있다. 하율이가 여섯 살이 된 올해 들어서 부쩍 잦아졌다. 순간적으로 참을 수 없이 분노가 치밀어 올라 무섭게 화를 낸다.

밖에서 다른 엄마가 아이에게 바락바락 소리를 지르는 모습을 볼 때면 '저 조그만 어린애가 뭘 안다고 저렇게 진심으로 화를 내나' 싶어 아이가 안쓰러웠는데, 내 아이에게 그렇게 분노를 쏟아낼 때의 나를 들여다보면 나는 하율이를 '작고 어린 아이'로 보는 게 아니라 '나를 무시하고 약 올리는 한 인간'으로 대하고 있음을 발견하게 된다.

밥을 차려놓고 몇 번이고 '와서 먹으라'고 하는데도 들은 척 안 하고 계속 놀고 있을 때, '하린이 자니까 조용히 하라'고 했는데도 계속 종알거리면서 침대에서 몸부림칠 때, 옷 입는 것을 도와주겠다고 소매에 팔을 넣어주었더니 "내가 할 수 있는데 왜 엄마가 해!"라며 울고불고 난리를 칠 때, 나는 꼭 하율이가 일부러 그러는 것만 같아 와락 신경질이 난다. 한 대 찰싹 때려주고 싶기도 하고, 실제로 그런 적도 있다.

그럴 때의 나는 내가 생각해도 괴물 같다. 어김없이 아이가 우는 것으로 상황은 일단락되고, 나는 후회하며 괴로워한다. 어린

애를 상대로 이렇게까지 화를 내다니 내가 미쳤나, 어디에선가 주워들은 것 같은 '어린 시절의 상처'나 '내면에 숨겨진 분노' 뭐 이런 게 있는 건 아닐까, 마음이 복잡하다. 나는 정말 좋은 엄마가 되고 싶은데, 자애로운 웃음으로 아이들의 마음을 편안하게 해주는 엄마, 아이의 의견을 존중하고 기다려주는 엄마, 여유 있고 너그러운 엄마가 되고 싶은데 그렇게 한 번씩 화를 낼 때마다 내가 모든 걸 망쳐버린 것만 같아 무척 우울하다.

반려견 행동 전문가 강형욱 씨의 책 《당신은 개를 키우면 안 된다》를 읽었다. 인기 프로그램 〈우리 아이가 달라졌어요〉의 '반려견 편'처럼 느껴졌고, 육아에 대한 내 태도를 돌아보게 됐다. 책에는 강아지를 혼내는 주인들에 대한 저자의 따끔한 충고가 나온다. 자신들이 하고 싶은 걸 못 하게 됐다고 강아지를 혼내면서 '잘못된 행동을 해서 올바른 훈육을 하려고 했다'는 핑계를 대는 건 대단히 무서운 생각이라고 말이다.

> "만약 강아지가 제 손을 문다면 저는 당연히 매를 들어 혼을 낼 겁니다."
> "내가 주인인데 이렇게 아프게 손을 깨물면 안 된다는 것을 알려줘야 한다고 생각합니다."
> 이런 말을 하는 분들에게 저는 이렇게 말합니다.

"누가 먼저 강아지를 만졌죠? 의뢰인이 먼저 만지지 않았나요? 강아지를 멋대로 만지면, 강아지는 가만히 있어야 하나요? 왜죠? 돈을 주고 강아지를 샀으니까요? 그런데 강아지도 그렇게 생각할까요? 돈을 받았으니 보호자 마음대로 자기 몸을 만져도 된다고 생각할까요? 강아지를 왜 입양했나요? 만지고 싶을 때 마음대로 만질 수 있는 살아 있는 장난감이 필요했던 겁니까? 의뢰인이 피곤하고 귀찮을 때는 좀 가만히 있었으면 좋겠는데, 강아지한테는 '오프(off) 버튼'이 없어서 당황하셨나요?"

책의 곳곳에 등장하는 저자의 이런 근본적인 질문들은 나를 당황하게 했다. '당신이 오라고 하면 강아지가 와야 하나요? 당신이 만지면 강아지는 가만히 있어야 하나요? 강아지가 거실에 소변을 보는 건 잘못인가요? 왜 그렇죠?' 이건 그대로 나에게 던져지는 물음이다. 내가 밥을 먹으라고 하면 하율이는 바로 와서 밥을 먹어야 하나? 내가 조용히 하라고 하면 조용히 해야 하나? 하율이는 나에게 화를 내면 안 되나? 왜 그렇지……? '내가 강아지를 돈 주고 샀으니까'가 말도 안 되는 대답이듯이, '내가 너를 낳았으니까'도 아이가 내게 복종해야 하는 이유가 될 수 없다. '내가 너를 먹이고 키우니까', '내가 너의 부모니까'……. 그 무엇도 내가 아이의 행동을 통제하거나 지배할 이유가 되지 못

한다. 애초에 그럴 이유란 없다. 우리는 각자의 생각과 감정을 서로에게 표현하면서 함께 살아가는 법을 익혀야 할 뿐이다. 아이는 거기에 서투니 내가 '알려준다' 혹은 우리에게 맞는 방식을 '찾아간다'가 맞는 말일 것이다.

> 우리가 반려견을 벌하고 혼을 낼 때를 보면, 항상 일방적으로 우리 기준에서만 생각해 그러는 경우가 많습니다. 내가 불편하면 잘못된 것이고, 내가 편하면 좋은 행동이라는 생각으로 반려견을 가르치려고 합니다. 자신이 3만 원짜리 청바지를 입었을 때 강아지가 다리에 올라오면 예뻐합니다. 하지만 출근하려고 정장을 입었을 때 강아지가 다리에 올라오면 잘못된 행동이라고 혼을 냅니다. "훈련사님, 그럼 언제 혼을 내야 하죠?"라고 묻는 분들에게 저는 이렇게 되묻습니다. "왜 혼을 내고 싶으세요?"

아이에게 혼을 내거나 교육을 시키는 게 아니라 그저 화를 내고 있을 뿐임은 그 누구보다 내가 잘 안다. 이 책을 읽고 반성했다고 해서 내가 갑자기 하율이에게 화를 내지 않게 될 리는 없지만, 최소한 그게 올바른 방법이 아니라는 기준은 갖게 되었다. '이건 이상이지. 현실적으로는 불가능해'라고 덮어두지 말고, 내가 지향해야 하는 모습으로 계속 떠올리고 싶다.

밥 먹으라고 말해도 들은 척하지 않고 놀기만 하는 아이에게 "너, 엄마 말 안 들려? 오라고 했어, 안 했어! 빨리 안 와?"라고 소리 지르는 것보다 "엄마는 하율이가 밥이 따뜻할 때 맛있게 먹었으면 좋겠어. 그리고 엄마가 여러 번 말해도 식탁으로 오지 않으면, 하율이가 엄마 말을 안 듣고 있는 것 같아서 속상하고 기분이 안 좋아져. 하율이가 왜 바로 올 수 없는지, 언제 와서 먹을 건지 대답해줬으면 좋겠어"라고 설명해주는 게 맞는 방법이다. 그렇게 하지 못한다고 해도, 그게 맞는 방법이라는 건 변하지 않는다. 그게 맞기 때문에 오늘 실패했더라도 포기하면 안 된다. 틀린 태도를 가지고 계속 내 아이를 대할 수는 없으니까.

사랑받고 싶어요

2015년 PD협회에서 진행하는 교육 프로그램을 통해 여운혁 PD의 강의를 들은 적이 있다. 그는 MBC의 〈강호동의 천생연분〉과 〈황금어장 무릎팍도사〉, JTBC의 〈썰전〉 등 인기 예능 프로그램을 연출 혹은 기획해온 우리나라의 대표적인 예능 PD 중 한 명이다. 질의응답 시간에 누군가 '아이디어를 어디서 얻느냐'고 물었는데, 여운혁 PD가 이렇게 대답했다.

"아이디어는 없습니다. 진정성만 있습니다. 진정성이 뭐냐 하면, 오락기를 갖고 싶어 떼쓰는 초등학교 3학년 아이의 마음, 사춘기 때 좋아하는 여자애의 마음을 얻고 싶어 안달하는 마음, 그런 게 진정성입니다. 내가 진짜 재밌을 것 같은 걸 만들어야 합니다.
'될 것 같아서', '성공할 것 같아서' 만드는 건 진정성이 없는 겁니다. 젊은 시절, 개그맨 ○○○을 따라서 나이트에 간 적이 있는데, 너무 재밌었어요. 처음 보는 남녀가 서로 탐색전을 벌이는 상황이 너무너무 재밌었습니다. 그래서 만든 프로가 〈강호동의 천생연분〉이었습니다. 〈황금어장 무릎팍도사〉를 만들 때, 나는 사람에 대한 관심으로 가득 차 있었습니다. 그게 나의 진정성입니다."

프로그램을 만드는 동기가 '될 것 같아서'가 아니라 '내가 재미있어서'여야 한다는 말이 묘하게 감동적이었고, '진정성'이라는 단어를 정의한 그의 비유도 인상적이었다. 요즘 하율이와 하린이를 보면서 그 말이 떠오른다. 아이들이 보여주는 노골적인 감정 표현을 마주할 때, 진정성이라는 허황된 단어가 몸을 입고 내 앞에 펼쳐지는 느낌이다. 깔깔대며 크게 웃을 때, 몸을 흔들며 춤을 출 때, 마트에서 떼를 쓸 때, "하린이가 없으면 얼마나 좋을까!"라고 울며 소리 지를 때 나는 아이의 진정성을 본다. 기뻐 어쩔 줄 모르는, 장난감이 너무너무 갖고 싶은, 나를 방해하는 동생이 미워 죽겠는 강렬한 아이의 감정들. 여운혁 PD는 그런 아이 같은 욕망이 동기가 되어 프로그램을 만들어왔다고 했다. 그가 성공시킨 프로그램은 마트에서 발을 동동 구르는 아이의 마음에서 출발했다.

나는 요즘 하율이가 왜 이렇게 울고 화내고 떼를 쓸까, 생각 중이다.

첫 번째, 그녀의 감정이 순도 100퍼센트의 진짜 강렬한 감정이기 때문이라는 가설. 그냥 적당히 '있으면 좋고 없으면 말고' 식의, '순댓국을 먹고 싶지만 김치찌개도 괜찮은' 미적지근한 어른의 욕망이 아니라 지금 당장 저 장난감이 너무너무 갖고 싶은 진정성 있는 욕망이기 때문에 '안 된다'는 어른의 말을 받아들이기가 저렇게 힘든 것은 아닐까. 만일 그렇다면 아이의 그 강렬한 감정들을 무조건 누르는 것은 좋은 방법이 아닐지도 모른다. '너무 하고 싶은 진짜 마음', 그게 비단 여운혁 PD의 동력이기만 하겠는가. 아니, 꼭 성공을 위해서만은 아니다. 무언가를 좋아하거나 싫어하는 감정이 희미한 어른, 취향이 없는 어른을 나는 그리 매력적으로 보지 않는다.

두 번째, 울고 화내고 떼쓰는 것 외에 다른 표현 방법을 모르기 때문이라는 가설. 하율이가 다니는 어린이집 선생님들이 부모들을 대상으로 '감정 코칭'에 대해 강의를 해주신 적이 있다. 그때 들었던 인상적인 내용 중 하나는 '아이에게 본인의 감정을 표현하는 다양한 단어를 알려주라'는 것이었다. "네가 지금 화가 많이 났구나", "친구가 부럽구나", "엄마한테 섭섭하고, 동생이 질투 나는구나"라는 식으로. 감정을 표현할 언어를 갖게 된 아이는 무작정 울거나 소리를 지르는 빈도가 줄어든다며, 그것은 마치 '감정에 손잡이를 달아주는 것'과 같다고 설명하셨다(존 가트맨의 《내 아이를 위한 감정 코칭》 참고).

하율이는 최근 밤에 잠자리에 들 때마다 똑같은 말을 하며 운다. "엄마 아빠는 나를 싫어하는 것 같아. 하린이만 좋아하는 것 같아." 처음에는 아이가 안쓰러워 "그렇지 않아, 엄마는 하율이를 정말 사랑해" 하고 도닥였는데, 그것도 하루 이틀이지 정말 매일 매일 하루도 안 빼놓고 밤마다 똑같은 말을 하며 우니까 좀 짜증스러워졌다. 결국 또 버럭. "엄마가 아니라고 했지! 사랑한다고 했잖아! 이제 그만 울고 얼른 자! 하린이 깨잖아!!" 사랑한다고 말하면서 짜증을 내는 이상한 상황이다. 당연히 하율이는 더 크게 흐느낀다.

아이는 "사랑받고 싶어요"라고 말하는데 엄마는 "얼른 자"라고 대답하는 꼴이다. 서로 하고 싶은 말만 하는 불통의 대화를 내가 아이를 상대로 하고 있다. 내가 자라고 한다고 해서 하율이가 자는 게 아니라는 걸 알면서도 답답한 마음을 이기지 못해 결국 윽박을 지르게 된다. 하율이가 빨리 잠들길 원한다면 "얼른 자"라고 말할 게 아니라 사랑받고 싶은 하율이의 욕구를 충족시켜주어야 한다. 똑같은 말을 반복하는 아이가 답답하더라도 그게 하율이를 재우는 제일 빠르고 좋은 길이다.

하율이는 왜 매일 밤 똑같은 말을 하면서 울까. 동생에게 관심을 쏟는 엄마가 서운하고, 엄마에게 더 사랑받고 싶은 마음이 너무 강렬해서 한두 번의 표현으로는 해소되지 않는 것일까. 하율이의 감정에 어떤 손잡이를 달아주어야 하율이가 좀 더 편하고 행복하게 잠들 수 있을까. 울고 화내고 떼쓰는 아이의 표현 너머에 있는 진심을, 아이가 진짜로 나에게 전하고 싶은 마음을 잘 읽어내는 엄마가 되고 싶다.

선배 열전

저는 MBC라는 회사를 참 사랑합니다. 입사 전부터 MBC라디오를 좋아했고 천운에 가까운 행운으로 이 회사에 입사까지 한 이후로는 더 깊은 애정을 느끼게 됐습니다. 사랑하는 연인의 변심을 보는 것처럼 지금 MBC를 보는 마음은 참 복잡합니다. 윤태호 작가의 만화 《미생》에서 오차장이 이런 말을 합니다. "난 왜…… 일에 의미를 부여했을까……. 일일 뿐인데……." 저 역시 그렇습니다. 너무 마음 다치지 말자, 일일 뿐이다, 몇 번이나 다짐하지만 회사로부터 감정적으로 거리를 두기란 참 어렵습니다. 오늘은 문득 제가 MBC에 들어와 가장 좋았던 순간, 저로 하여금 이토록 이 조직을 사랑하게 했던 순간에 대해 적고 싶어졌습니다. 이 멋진 MBC라디오의 선배 PD들을 기억에 꾹꾹 남겨두고 싶습니다.

1.

어느 해 개편 시즌, 몇몇 프로그램이 사라졌습니다. 으레 있는 일이었습니다. 없어진 프로그램의 메인 작가와 저, 그리고 어떤 선배, 이렇게 셋이서 술을 마셨습니다. 꽤 친한 사이였습니다. 저는 작가에게 물었습니다. "프로그램 하면서 어떠셨어요? 왜 실패했다고 생각하세요?" 당시 저는 갓 입봉한 상태였습니다. 잘하려는 욕심이 가득했었죠. 잘하고 싶어서, 어떻게 하면 되는지 알고 싶어서 물었던 질문입니다. 작가로부터 이런저런 이야기를 들었습니다. 그리고 다음날, 그 선배가 저를 따로 부르더니 진지하게 말했습니다.

"너 어제 실수한 거야. 어떤 프로그램이 실패했는지 성공했는지는 그렇게 빨리 판단할 수 있는 게 아니야. 프로그램이 폐지됐다고 해서 그게 실패라고 단언할 수는 없어. 나중에 시간이 지나고 그 프로그램이 어떤 역할을 했는지 찬찬히 짚어봐야 하는 거야. 심지어 그때도 보는 관점에 따라 판단이 달라질 수 있어."

저는 그 작가에게 사과했습니다. 제 가벼운 생각에, 방정맞은 입에, '성공'에 대한 천박한 판단력에 너무 부끄러웠습니다.

2.

특별히 바쁜 시기가 있었습니다. 며칠, 몇 주째 밤늦게 퇴근했고 아침 일찍 나왔습니다. 집에 들어가 세수할 때마다 '화장을 뭐 하러 지우나, 몇 시간 있다 다시 해야 하는데' 하는 생각을 하곤 했습니다. 줄지 않는 일 때문에 그날도 지쳐 있었습니다. 사무실에 앉아 일을 하고 있는데, 어떤 선배가 제게 와서 말했습니다. "야, 맥주 마시러 나가자." 선배가 술을 마시자고 할 때는 웬만하면 나서는 게 이 바닥의 예의입니다(결코 제가 술을 좋아해서가 아닙니다). 저는 하던 일을 접고 선배와 회사를 나왔습니다. 맥줏집에 들어가 앉자마자 선배가 그랬습니다. "나 지갑 없어. 니가 사라." 돈도 없으면서 술 마시자고 한 거냐고 타박하자 그 선배 왈. "너 퇴근하라고 인마. 너 며칠째 밤에 이러고 있잖아."

일중독 증세를 보이던 저를 회사에서 끌어내고자 그 선배는 맥주를 한잔하자고 했던 거였죠. 그날 그는 두 가지 이야기를 했습니다. 즐겁게 일하라. 꾸준히 공부하라. 저는 지금도 그 두 조언을 종종 떠올립니다.

3.

비슷한 시기였습니다. 저는 바빴고, 여기저기서 치였고, 의욕만큼 뭐가 안 되어 우울했습니다. 어느 날 제 책상 위에 CD 한 장이 놓여 있더군요. 방송에 게스트로 출연한 정신과 의사가 어떤 자세로 직업을 대해야 하는지 이야기한 내용을 녹음한 CD였습니다. 그 프로그램을 연출하던 선배가 방송 중에 제 생각이 났다며, 일부러 그 부분을 CD로 구워준 것이었습니다. 그 선배는 직접 이래라저래라 조언하는 대신 이런 감동적인 선물을 주었던 거죠.

4.

어떤 연예인에게 크게 실수한 적이 있었습니다. 연예인에게 일 이야기를 할 때 어떤 절차로, 어떤 화법으로 말해야 하는지를 잘 몰랐습니다. 매니저와 상의도 없이 그리 친분도 없던 연예인에게 대뜸 말을 꺼낸 것입니다. 게다가 "○○ 씨는 ○○○하기에는 좀 애매하시잖아요"라는 예의 없는 말을, 별생각 없이 내뱉고 말았습니다. 그 연예인은 매우 불쾌해했고 저는 뒤늦게 아차 싶었습니다. 당시 같이 일하던 선배에게 이 이야기를 했습니다. 제가 실수한 것 같다고, 어떡하면 좋겠냐고.

이 일이 있고 나서 선배는 자신이 외부 사람들을 만나러 다닐 때 저를 데리고 다녔습니다. 어떻게 말을 꺼내는지, 어떻게 설득하는지, 그리고 어떻게 거절당하는지까지 직접 보고 배우라는 선배의 의도를 저는 선명히 느낄 수 있었습니다.

이렇게 좋은 사람들과 일을 해왔습니다. 앞으로도 계속 그럴 수 있었으면 좋겠습니다. 그러기 위해 MBC에서 나가야 하는 사람들이 있고 다시 돌아와야 하는 사람들이 있습니다. 이 책이 나올 즈음에는 MBC가 좀 달라져 있기를, 간절히 바랍니다.

4
귀를 기울이면

'아이를 낳아야 어른이 된다'는 말에 대하여

어느 부모에게나 자기 자식이 '머리는 좋은데 친구를 잘못 만난 케이스'이듯이 싸움에서 먼저 때리는 건 늘 '저 집 애'다. 그리하여 엄마들끼리 모아놓으면 선제공격을 한 아이는 없다. 대체 그 아이들은 무엇에 대해 정당방위를 한 거냐고, 나도 엄마가 되기 전에는 비아냥거렸다. 그렇지만 이건 진짜다. 하율이가 놀이터에서 어떤 남자애에게 뺨을 꼬집히고도 반격은커녕 피하지도 못했다. 심지어 그 남자애는 하율이보다 어리고 덩치도 작았는데 말이다. 그 녀석이 볼을 꼬집자 하율이는 눈을 질끈 감은 채 고개만 돌릴 뿐이었고 보다 못한 남편이 잽싸게 하율이를 안고 나왔다. 우리 애는 순해서 때리지 못하고 맞는 쪽이다. '이 세상 모든 부모들이 그렇게 말하는 법이지'라고 비아냥거려도 어쩔 수 없다. 하율이는 순하고 그 남자애가 먼저 건드렸다.

그날 저녁, 나는 남편에게 그냥 그렇게 아이를 데리고 오면 어떻게 하느냐고 따졌다. 그 남자애나 그 엄마에게 사과를 받았어야 한다고 말이다. 남편은 당장 맞지 않고 피하는 게 중요하지 사과를 받는 게 뭐 그리 대수냐고 맞섰다. 그러면서 하율이에게 다른 친구가 때릴 때 대처하는 방법에 대해 디테일한 교육을 시작했다. "일단, 그러지 말라고 말해. 따라 해봐. '하지 마!' 옳지. 그리고 자리를 피해. 만약에 계속 때리면 너도 때려. 아니다, 처음 보는 친구면 때리지 말고 그냥 도망가고, 어린이집 친구면 때려. 앞으로 계속 봐야 하는 친구면 한 번쯤 세게 나가야 우습게 안 보거든." 나도 덧붙였다. "하율아, 꼭 사과를 받아야 해. 따라 해봐, '나한테 미안하다고 해!' 그렇지. 그냥 도망가거나 피하지 마. 네가 잘못한 게 아니잖아."

하율이에게 하는 말은 우리가 그동안 살아오면서 세상과 사람들에게 대처하는 방식이었다. 그렇게 했어야 했다는 후회이기도 하고, 그렇게 하는 게 옳다고 믿는 나의 가치관이자 내 자식은 그랬으면 좋겠다는 바람이었다. 이를테면 나는 그동안 학교나 직장에서 부당한 일을 겪고도 제대로 짚지 않고 그냥 피했던 것이 후회스럽다. 부끄러워서, 주변을 시끄럽게 하고 싶지 않아서, 괜히 문제 삼는 것 같아서, 유난 떤다는 말을 듣기 싫어서 많은 순간 참고 넘어갔다. 하지만 어느 날 알게 됐다. 다른 어떤 이유에 앞서 내가 소중한 존재이기 때문에 그렇게 해서는 안 된다는 것을. 내가 나를 그렇게 막 대하면 안 되었던 것이다.

나는 하율이와 하린이가 다른 사람의 시선보다 본인의 감정에 충실한 사람이기를 바라고, 부당한 일에 대해서 문제를 제기하는 정도의 용기는 갖춘 사람이기를 바란다. 술자리에서 상사가 던지는 성적인 농담이 불쾌하다면, 그 술자리의 화기애애한 분위기를 깨는 것이 우려스럽더라도 본인의 생각을 솔직히 표현하는 사람이었으면 좋겠다는 뜻이다. '모난 여자가 정 맞는' 한국 사회에서 살아갈 같은 여자로서 내 딸은 그런 사람이길 바란다. 하율이에게 "사과를 받아야 해"라고 말하면서 나는 이렇게나 거창한 속내를 품고 있었다.

아마 남편도 나처럼 자신의 철학을 가지고 딸에게 이야기했을 것이다. 누구의 생각이 맞는지를 여기서 논하고 싶지는 않다. 남편과 그거 따지다가 또 싸울 뻔했다. 내가 말하고 싶은 건, 다섯 살 아이에게 '이럴 땐 이렇게 하라'고 말하면서 내가 어떤 사람인지 새삼 깨닫게 된다는 사실이다. "○○이랑 놀고 싶은데 어떻게 해야 해?"라는 아이의 질문에 대답을 궁리하면서 내 인간관계가 어땠는지 알게 되고, 영어유치원을 보낼지 일반 유치원을 보낼지 고민하면서 내가 중요하게 여기는 게 무엇인지 스스로 생각을 정리하게 된다. 마치 사춘기 같다. 정체성을 정립해가는 시기. 아이의 유아기는 부모의 두 번째 사춘기다.

'아이를 낳아야 어른이 된다'는 말에 대해 생각해본다. 여러 가지 뜻이 있을 테지만 양육의 과정에서 이렇게 스스로를 알아간다는 의미도 있을 듯하다. 사춘기를 지나면 성인이 되는 것처럼 이 시기를 지나며 다시 어른이 된다는 의미는 아닐까. 아이가 어린이집에서 겪는 이런저런 일들을 이야기할 때 그 까맣고 깨끗한 눈빛으로 '너는 어떤 사람인가' 묻는 경우가 많다.

날 때리는 친구에게 어떻게 하면 좋으냐는 물음은 이제 생각하니, 내가 그 어떤 면접에서도 겪어보지 못한 무서운 함정 질문이었다.

내가 변한 이유

'쿨병'에 걸려 살았던 적이 있다(지금도 완전히 벗어났다고는 말 못 하겠다). '쿨병'의 징후, 여럿 있겠지만 내 경우는 잘 모르는 것도 다 안다는 듯이 말하며 어떤 문제가 생겨도 짐짓 태연한 척, "이런 일 한두 번 겪나? 원래 이렇잖아, 몰랐어?"라는 식으로 대응하는 증상이었다. 모든 일에 미적지근하게, 세상일을 풀샷으로 바라보며, 관조하듯이.

내가 조금 변했다고 느낀 건 언젠가 꾸었던 꿈 때문이다. 낮에 읽었던 기사 한 토막이 악몽으로 등장한 적이 있었다. 인도에서 천민 계급의 남자와 농민 계급의 여자가 사랑에 빠져 도망을 쳤는데, 마을 원로들이 재판을 열어 남자의 두 여동생에게 '윤간형'과 '나체 행진' 판결을 내렸다는 기사였다. 각각 23세와 15세인 여동생들은 마을을 떠나 도망 중이라고 했다. 이 끔찍한 이야기가 꿈으로 이어졌다. 꿈속에서 마을 사람들은 횃불을 들고 밤새 이 자매를 찾아다녔고 궁지에 몰린 자매는 바다로 뛰어들었다. 두 자매가 바다에 몸을 던지는 순간, 바다에 떠 있던 커다란 배에서 남자 한 명이 그녀들을 구하러 뛰어내렸다. MBC 아나운서 출신의 방송인 오상진 씨였다. 상진 선배의 얼굴을 보는 순간, 이게 꿈이라는 걸 알았다. 그날 상진 선배는 위기에 빠진 인도 여자들을 구해야 하는 꿈에 뜬금없이 소환되어 고생이 많으셨다.

새벽에 깨어 한참을 울었다. 그 여자들은 잘 도망치고 있을까. 그 잔인한 형벌을 피할 방법이 과연 있을까. 가슴이 답답했다. 4000킬로미터도 넘게 떨어져 있는, 한 번도 가보지 못한 땅의 한 번도 만난 적이 없는 이들의 일에 마음이 저릿하여 꿈에까지 나올 만큼 나는 그 정도로 오지랖 넓은 인간이 아니었다. 나는 이게 아이를 낳고 내게 일어난 변화임을 안다. 말하자면, '내 일'처럼 느껴지는 영역이 넓어졌다고 해야 할까, 아니면 세상사에 감정적으로 더 민감하게 반응하게 됐다고 해야 할까.

한창 이슈가 됐던 삼성 이건희 회장의 불법 성매매 뉴스에 관해 몇몇 사람들과 대화를 나누던 중 어떤 남자 어른이 "재벌들 이러는 거 몰랐어? 새삼스럽게 왜 그래?"라고 말하는 것을 들었다. 과거의 나라면 비슷하게 반응했을 것이다. "뭘 호들갑스럽게 그래? 이러다 곧 묻히겠지. 대한민국 몰라?"라며 시크하게, 체념조로. 그런데 이번엔 그 남자 어른의 쿨한 발언이 참 불편했다.

'쿨병'에서 '핫병'으로 증상이 바뀐 듯하다. 부조리한 사회 문제, 특히 자식 같은 아이들이 얽힌 일에는 뜨거운 무언가가 울컥 올라오고 발작처럼 화가 난다. 제주도로 수학여행을 갔다가 끝내 돌아오지 못한 300여 명의 학생들, 가습기 살균제로 목숨을 잃은 아이들, 강남역에서 살해당한 젊은 여성, 스크린도어를 고치다 사고를 당한 19세의 청년, 그리고 우리 사회의 많은 구조적인 문제와 밀접하게 얽혀 있는 거대 재벌 기업의 추악한 민낯까지. 언제든 내 자식도 겪을 수 있는 일, 내 자식에게 깊숙이 영향을 미칠 일이라는 생각 때문일 것이다. 차라리 내 일이라고 생각했으면 이렇게까지 감정적으로 동요하지는 않겠지. 엄마에겐 내 일보다 무서운 게 자식 일 아니겠는가.

윤이형의 단편소설 〈굿바이〉는 독특한 설정을 바탕으로 한다. 갓난아이가 아무것도 모르는 순백의 상태로 태어나는 이유는 천사가 태중의 아기에게 찾아와 지혜와 지식을 가져가기 때문이라는 것이다(작가는 《탈무드》를 인용한 심보선의 시 〈인중을 긁적이며〉에서 모티프를 얻었다고 한다). 소설 속에서 복중의 태아가 지혜를 잃기 전, 엄마에게 건네는 말이 있다.

> 나를 지키기 위해 당신은 기꺼이 이름을 바꾸려 할 것이다. 처음 보는 종교의 사원에 들어가 절을 하려 들 것이다. 가슴 뛰지 않는 것에 활짝 웃거나 동의하지 않는 것과 악수를 할지도 모른다. 베어야 할 때 칼집에 칼을 도로 넣고, 대답해야 할 때 침묵할 것이다. 이 모든 일들을 당신은 반성 없이 소명처럼 받아들일 것이다. 어린 당신이 호기심 가득한 눈으로 바라보던 어떤 어른들처럼, 명쾌하게 말할 수 없는 사정을 몸속에 품고 무거운 빛깔의 덩어리가 되어가는 당신이 내게는 보인다. 내 귀에는 들린다.

자식 때문에 부모는 때로 상상할 수 없는 일을 한다. 자식 일에 쿨할 수 있는 부모는 없으니까. 이건희 회장은 자식에게 경영권을 주기 위해서 업무상 배임을 했다는 판결을 받았다. 어떤 국회의원은 장애가 있는 자식의 대학 합격을 위해 관계자들에게 '특별한 부탁'을 했다는 의혹을 받고 있다. 국정농단으로 대한민국을 뒤흔든 최순실은 어떤가.

반대 방향으로 '뜨거워지는' 부모도 있다. 영국의 전 총리인 데이비드 캐머런은 희귀병을 앓았던 아들 때문에 보수파임에도 복지와 의료에 관심을 두게 되었다고 한다. 미국 실리콘밸리에서 성공한 스타트업으로 손꼽히는 기업 에누마의 이수인 대표는 창업의 계기로 출산을 꼽는다. 아이가 장애를 갖고 태어난 것이 동력이 되어 혁신적인 교육용 앱을 만들었고, 이는 지금 전 세계 어린이들의 '학습 도우미'로 사용되고 있다. 오바마 미국 전 대통령은 2009년 대통령에 당선된 후 딸들에게 보낸 편지에서 "한때는 나 자신만을 위해 살았지만 너희들이 태어난 후에야 너희들에게 행복을 주지 않고서는 내 인생이 완벽하지 않으리라는 것을 알게 됐다"면서 "너희 둘과 이 나라 모든 아이들에게 최대한의 기회와 행복을 주려고 대통령에 출마했다"고 썼다.

무라카미 하루키의 소설 속 주인공들처럼 쿨하게 살고 싶었던 때가 있었다. 하지만 5년 전 하율이를 낳으면서 이번 생에 그렇게 살기는 글렀다는 걸 깨달았다. 이제는 내가 뜨겁게 움직이는 방향이 자식 앞에 부끄럽지 않기를 바란다.

두려움을 무릅쓰고 용감하게 '이건희 동영상' 보도를 감행한 최승호 PD님과 기자님들에게 감사하는 마음으로 〈뉴스타파〉에 후원하는 금액을 늘렸다. 나의 두 딸들 덕분에 세상을 대하는 내 태도에 조금이나마 온기가 돈다. '아이를 낳아야 어른이 된다'는 말을 나는 이렇게 이해한다.

아이들이 나와 다른 인생을 살기 원한다면

우리 집은 상암동이다. MBC가 상암동으로 이전한 이후 근처로 이사 온 동료들이 많은데, 나도 그중 한 사람이다. 방송국들이 속속 상암동으로 이사 오고 주변 상권이 발달하면서 이 일대 아파트 값도 가파르게 상승했다(하긴 서울의 어느 지역이 안 그럴까마는). 아이를 회사 어린이집에 보내야 하는 나를 포함한 많은 회사 동료들이 눈물을 머금고 비싼 전세 값을 올려주며 상암동에 붙어 있다.

그나마 재계약에 성공하면 다행이다. 집주인들이 월세로 돌리고 싶어 해서 전세를 찾아 같은 아파트 단지 내의 다른 집으로 '의미 없는 이사'를 한 지인도 많다. 세입자라면 알 것이다. 이사 비용을 들여가며 걸어서 10분 거리로 이사해야 하는 쓰린 마음을. 하율이의 같은 반 친구네는 아예 집을 샀다고 한다. 그 엄마 역시 집주인이 월세를 달라고 해서 고민 끝에 결정했단다. '그래도 자금 여유가 있나 보네' 하고 내심 부러워하고 있는데, 그녀가 재미있는 이야기를 한다. 상암동에 집을 샀다고 하니까 상사 한 분이 그러더란다.

"상암동에 집을 샀다고? 미쳤구나? 애 교육은 포기한 거니? 강남은 못 가도 목동은 가야지!"

강남은 못 가도 목동은 가야지. 피식 웃음이 나오면서도 그만큼 정곡을 찌르는 표현이 또 있을까 싶었다. 상암동에 정착하기로 결정한 것이 '애 교육을 포기'한 거라는 그 상사 분의 말에 결코 동의하지는 않지만, 아이를 키우는 부모들이 내심 교육 환경이 좋다는 동네로 이사를 꿈꾼다는 사실을 부인하기는 힘들다. 하율이의 친구 엄마들과 이야기를 나눠봐도 그렇다. 대치동? 잠실이나 반포? 아니면 목동? 중학교 때까지는 일산도 좋다던데? 상암동에 위치한 회사에 다니다 보니, 대부분은 그나마 가까운 목동으로 귀결된다.

'목동' 하면 떠오르는 기억 하나. 광화문 근처에 있는 영국문화원에 영어 수업을 받으러 다닐 때 같은 클래스에 50대 여성 한 분이 계셨다. 자기소개를 하는 시간에 '아들 둘을 대학에 보내고 이제 내 인생을 찾고 싶어서 영어 공부를 시작했다'고 하셨다. 그런데 '아이 리브 인 목동'이라고 할 때 그녀의 표정이 매우 인상적이었다. 목동에서 아들 둘을 키워 명문 대학에 보낸 그녀의 자부심, '다 이룬' 중년 여성의 여유가 '모옥도옹' 하는 그녀의 모아진 입술에서 뿜어 나오는 듯했다. 그녀가 '아이 리브 인 목동'이라고 할 때 사람들은 고개를 끄덕였다. 영국문화원이 강남 어느 지역에 있었다면 물론 다른 동네 이름이 나왔겠지.

아이들의 교육에 관해 엄마들 사이에 도는 흉흉한 소문은 한

두 개가 아니다. 초등학교 4학년 때의 성적이 대학을 결정한다더라, 어느 동네 아이들은 줄넘기 과외까지 받는다더라, 어느 지역 고등학교에 가면 전교 1등도 '인 서울' 대학에 겨우 진학한다더라……. 그런 불안감이 결국 강남, 결국 목동, 결국 어느 어느 동네로 이사하게 하는 듯하다. 녹물이 나오는 30년 된 아파트여도, 지하 주차장이 없어 주차난에 고생해도, 부모의 출퇴근이 한두 시간씩 걸려도 결국 애들 교육을 생각하면 어느 어느 동네.

다른 사람 얘기하듯 이렇게 글을 쓰고 있는 나도 내 아이가 본격적인 입시 전선에 뛰어든다면 어떻게 할지 장담할 수 없다. 아니, 이미 목동 쪽으로 마음이 휘청휘청한다. 상암 아파트 전세도 겨우 감당하는 주제에 여기에 몇 억은 더 얹어줘야 하는 지역으로의 이사를 고려하며 머릿속으로 대출을 어디서 어떻게 '땡겨야' 할지 계산하고 있다.

이사를 가야 한다는 조바심, 아이들 교육에 관해 폭주하는 불안감을 잠재우는 건 남편의 일상이다. 내 남편은 서울에 있는 4년제 대학을 졸업해 꽤 높은 연봉을 주는 금융권 회사에 다닌다. 교육을 위해 어느 어느 동네로 이사하고자 하는 사람들이 생각하는 '자녀의 예상 노선'일지 모른다. 우리 부부의 연소득을 합치면 억대다. 하지만 나와 내 남편은 우리 아이들이 커서 우리 같은 생활을 하길 바라지 않는다. 이 괴리를 어떻게 설명해야 할지 고민했다. 누군가에게는 재수 없는 소리일 것 같아 걱정도 된다. 그런데 나 대신 아주 훌륭하게 설명해준 글을 만났다. 〈지큐 코리아〉 정우성 에디터가 쓴 "문득 한국을 떠나고 싶은 마음에 대하여"라는 글이다.

> OECD 국가의 2012년 연간 근로시간 평균은 1709시간, 한국은 2092시간이다. 회원국 중 두 번째로 일을 많이 한다. 1위는 2317시간의 멕시코, 3위는 2012시간 일하는 칠레다. 불행한 고등학교 시절을 통과해, 가까스로 취직하면 이런 근로시간이 기다리고 있다. 그리고 불안. 출산? 그럼 한 달에 500만 원 저축한다던 은행원 친구가 자녀를 갖는다면, 앞으로 5년간 모을 돈을 전부 아이의 양육비 및 교육비로 써야 한다. 2013년 〈머니투데이〉 보도에 따르면, 한 명의 자녀를 대학 졸업까지 키우는 데 드는 비용이 3억 896만 원인 것으로 조사됐다. 재수, 휴학, 어학연수는 제외한 (여러 모로 비현실적인) 통계다.
>
> (중략)
>
> 근원적인 공포는, 그렇게 취직해 결혼하고 살다가 아이를 낳으면 그 아이도 거의 비슷한 인생을 살게 돼 있다는 데 있다. 지금 태어나는 아이가 부모만큼 살자면 또 다른 관문을 뚫어야 한다. 아이에게 최대치의 교육 서비스를 제공할 수 없다면 아예 낳지 않는 게 방법일 수 있다는 얘기다. 출산율이 늘지 않는 건 당연하다. 겁이 나서, 행복할 것 같지 않아서다. 어느 정도

의 돈은 행복을 보장할 수 있다. 행복은 더 이상 추상적인 단어가 아니다. 신혼부부에게 아이는 현실적인 공포이자 스트레스의 시작일 수 있다. 심령물보다 슬래셔에 가까운 얘기. 거대한 악보의 끝에 끝나지 않는 도돌이표가 있다.

"더 잘살고 싶다"는 건 매우 원초적인 바람일 것이다. 더 좋은 차를 갖거나, 더 넓은 아파트로 이사하고 싶은 욕망과는 다르다. 이런 사회에서, 진짜 비싼 건 시간이다. 사랑하는 사람과 마주 앉을 시간, 아이와 놀아줄 수 있는 시간, 부모님과 산책할 수 있는 시간.

남편은 7시 30분쯤 집을 나서서 빠르면 9시, 늦으면 다음날 새벽 1~2시에 돌아온다. 오늘 출근해서 내일 퇴근하는 경우가 허다하다. 두 딸의 얼굴은 영상 통화로 본다. 아이에게 첫 번째 이가 났다는 것도, 아이가 기기 시작했다는 것도 베이비시터 이모님한테 전해들었다. 남편 회사의 어느 '빡쎈' 부서에서 직원들이 자꾸 사표를 내자 회사에서는 그 부서에 '자식이 있는 기혼 남성'들만 배치하기로 했다. 절대 그만둘 수 없는 사람들만 보내기로 한 것이다. 이게 한국 기업이 문제를 해결하는 흔한 방법이다(유사한 결로는 '여자가 자꾸 육아휴직을 해? 남자 위주로 뽑아!'가 있다). 언제 과로사해도 이상하지 않은 일상이지만 그냥 굴러가고 있다. 이직? 옮겨봐야 다른 회사 사정도 비슷하다. 나는 각기 다른 회사에서 이런 일상을 살고 있는 사람을 100명쯤 알고 있다. 흔히 '사축'이라고 표현되곤 한다. 회사의 노예, 회사의 가축.

대출을 '땡겨서' 목동이나 강남 어디로 이사 갔다고 치자. 무지막지한 수능 레이스에서 성공하여 '인 서울' 대학교에 입성했다고 치자. 졸업하여 결국 좋은 직장에 취업하면 내 자식도 우리처럼 살게 되는 것 아닌가. 그런 생각을 하면 너무 끔찍하다. 정우성 에디터의 글처럼 '거대한 악보의 끝에 끝나지 않는 도돌이표가 있'는 것이다. 이렇게 살기 위해 그 지난한 과정을 겪어야 하는가, 목적이 이것인가. 이런 생각이 나로 하여금 모든 것을 망설이게 한다.

그렇다고 다른 방법이 있나. 그나마 괜찮은 대학을 나와서 정규직 취업에 성공했으니 서울에 아파트 전세라도 얻어 살고 있는 것 아닌가. 그게 사실이라서 너무 비참함을 느낀다. 언젠가 건국대 하지현 교수님이 강의에서 이런 말씀을 하신 적이 있다. "왜 우리나라 부모들이 자식들의 교육에 목을 매는가. 자식들이 '더 잘살게' 하기 위해서가 아니다. 그렇게 하지 않으면 생계가 위험하기 때문이다. 타이타닉 승객들이 구명보트의 몇 안 남은 빈자리에 자식을 태우는 심정으로 아이를 학원에 보낸다. 이건 '더 나은 삶'의 문제가 아니라 '생존'의 문제인 것이다." 정확한 진단이라고 생각한다.

어떻게 키워야 할까. 내 자식은 이 헬조선에서 어떻게 살아가기를 원하는가. 목동으로 가야 하나 말아야 하나를 고민하다 보면 결국 이 질문과 만난다. 그리고 이건 '나는 어떻게 살 것인가'라는 문제와 같은 말이다. 내 자식이 어떤 사람이길 원하는가는 나는 어떤 사람이길 원하는가와 다른 말이 아니다.

그래서 묻는다. 나와 내 자식은 어떤 식으로 돈을 벌어 어떤 인생을 꾸려가면 좋을까. 여기부턴 철저히 개인적인 가치관의 문제이므로 그저 내 취향, 내 개똥철학이라고 생각하고 읽어주시길.

1.
직종은 예술 분야였으면 좋겠다. 글을 쓰든, 음악을 만들든, 영화나 만화 또는 그밖의 어떤 장르라도 무언가를 창작하는 사람으로 살아갈 수 있다면 그게 내가 생각하는 멋있는 삶이다. 나는 전업으로 예술을 하며 생활을 유지하는 모든 사람들을 경외감 어린 눈으로 바라보며 부러워한다. 돈을 버는 방법으로도 아주 훌륭하다고 생각한다. 무릇 최고의 수입은 저작권 수입이 아니겠는가.

2.
직업의 형태는 프리랜서였으면 한다. 노동 후진국인 이 나라에서 고용인이 되는 건 곧 노예의 삶이라는 걸 누구보다 우리 부부가 잘 알고 있다. 물론 프리랜서라고 쉽겠나. 불안정한 내 일의 무게를 감당하는 것 역시 힘들겠지.

그러나 프리랜서는 적어도 '내 이름'을 가지고 개인으로서 일을 한다. 조직 안에서 조직의 이름으로 일하고 있는 나와 남편은 그 부분이 참 부럽다. 프리랜서인 친구들이 차곡차곡 경력을 쌓으며 자신의 이름을 알려가는 것을 보면 '언젠가 저들은 탄탄한 기반 위에 올라서겠구나'라고 예상이 된다. 실제로 성실하게 뚜벅뚜벅 본인의 길을 걸어온 많은 이들이 직장인으로선 닿을 수 없는 어느 지점에 도착하는 것을 심심찮게 봐왔다. 그러나 회사원일 뿐인 우리는 아무리 시간이 지나도 배치된 부서에서 배치된 일만 하게 된다. 더구나 지금은 조직에 속해 있다 해도 결코 안정적이지 않은 시대다. 언제든 잘릴 수 있다는 점에서 그렇고, 정년까지 다닌다 해도 쉰 언저리에 퇴직하여 두 번째 직업을 찾아야 한다는 점에서 그렇다. '말 안 들으면 자른다, 시키는 대로 안 하면 이상한 데로 보내버릴 거야!'라고 끊임없이 위협하는 한국의 흔한 경영진들 밑에서 일개 조직원일 뿐인 우리는 인간의 존엄도 노동의 기쁨도 느끼기 힘들다.

능력 있는 몇몇 사람들이 회사를 나가 살길을 찾아가는 것을 보며, 그런 생각을 했다. 대학을 졸업할 때는 회사에 들어가는 사람이 능력자처럼 보였지만 시간이 지나고 보니 회사를 나갈 수 있는 사람이 능력자인 것 같다고. 10여 년 전에 능력자였던 나는 지금은 회사가 아니면 굶어죽는 철저한 무능력자가 되었다. 이렇게 조직은 개인을 길들인다. 나는 내 아이가 정글 속에서 단독자로 살아남는 능력자였으면 한다.

3.

회사원이 되는 길은 마지막의 마지막에 선택했으면, 최대한 피했으면 하지만, 어쩔 수 없이 회사원이 되어야 한다면 두 가지 이상의 정체성을 가진 사람이 되기를 바란다. 이건 소설가 김영하가 어느 강의에서 이야기한 내용이다.

"제가 이상적으로 생각하는 미래는 우리 모두가 다중의 정체성을 갖는 것인데, 이 정체성 중 하나만이라도 예술가가 되는 거예요. 제가 뉴욕에 갔을 때 택시를 탔는데, 앞좌석에 연극 팸플릿이 붙어 있었어요. 연극 배우래요. 택시 기사이지만 연극을 하는 거예요. 〈리어 왕〉을 한대요. 바로 그런 세상이 제가 꿈꾸는 세상이에요. 어떤 사람이 낮에는 골프 선수이면서 밤에는 작가, 택시 기사이면서 연극 배우이고 은행원이면서 화가. 그러면서 은밀하게 혹은 공개적으로 우리가 우리의 예술을 해나가는 것이죠."

— 2010년 김영하의 테드 강의 〈예술가가 되자, 지금 당장〉 중에서

그렇다면 나는 왜 20대 때 프리랜서로 일을 시작할 생각을 못했을까. 입사 시험에 떨어졌을 때도 다른 시험을 준비했지 프리랜서가 되겠다는 생각은 안 했다. 한 번의 시험으로 모든 걸 끝내려는 마음, 빨리 이 불안함에서 벗어나려는 생각 때문이었던 것 같다. 프리랜서는 끊임없이 자신의 능력을 보여주어야 살아남을 수 있지만 회사원은 한 번만 시험을 통과하면 매달 월급을 받을 수 있다. 그걸 '안정성'이라고 부르는 거겠지. 안정성의 대가는 자유이고. 프리랜서든 조직원이든 실력을 갖추는 게 최고의 '안전책'이지만 조직 안에서 개인의 실력을 기르는 것이 더 어려울 수도 있다는 걸 이제야 깨닫는다.

창작자가 되지 않은 이유는 무엇이었을까도 생각해본다. 나는 글쓰기와 음악을 좋아했다. 하지만 그것을 업으로 삼으려는 생각은 한번도 해보지 않았다. 물론 재능이 부족해서였겠지만, 그에 앞서 내 마음속에 어떤 장벽이 있었음을 발견한다. 친한 친구 중에 작사가가 있다. 여러 직업을 돌고 돌아 프로 작사가가 된 친구인데, 처음에 그녀가 작사가로 데뷔했다는 이야기를 듣고 무척 놀랐다. 어떻게 된 거냐고 물으니 이런 대답을 들려주었다.

"나는 고등학교 때부터 음악을 너무 좋아했어. 그런데 은연중에 음악은 특별한 사람들이 하는 거라는 생각을 했던 것 같아. 그래서 다른 일을 계속 전전했지. 지금은 알아. 누구나 하고 싶으면 하면 돼."

나와 그 친구가 과거에 했던 생각은 우리가 받았던 교육 때문이었을 것이다. 한국의 중고등학교 교육은 '무난한 사람'을 양성하는 게 목표 아니던가. 정신을 차리고 보니, '저런 일은 특별한 사람들이 하는 거고 나는 평범한 사람일 뿐이다'라는 생각이 나도 모르게 내면화되어 있었다.

끊임없는 자기 증명의 고단함을 이겨내려는 용기, 내가 하고 싶은 일을 향해 직진하는 자신감, 이런 것들을 갖춘 사람으로 키우고 싶다는 게 나의 결론이 되었다. 결국 내가 아이를 향한 불안함을 어느 정도까지 참을 수 있는가가 관건이다. 아이가 공부도 잘하면서 창작자의 재능도 보여준다면 걱정이 없겠지만, 만일 내 아이가 반에서 20등, 30등 한다면 나는 그것을 견딜 수 있을까. 소설을 좋아하거나 음악에 미쳐 있거나 영화에 푹 빠져 있는 내 아이가 성적이 안 좋아서 학교 선생님에게 무시당할 때(성적이 안 좋으면 학교 선생님이 무시한다는 이 편견으로부터 벗어나고 싶지만 어쩌랴, 도저히 안 되는 것을), 그때도 나는 아이에게 "하율아, 창작자가 되면 좋겠어. 적어도 너의 여러 정체성 중 하나라도 예술가가 된다면 그걸로 너는 행복할 거야"라고 말하며 격려할 수 있을까.

나와 남편은 모범생으로 자랐다. 큰 일탈 없이 말 잘 듣는 아이로, 많은 사람들이 가는 길을 따라 이 자리에 왔다. 내 아이들이 나와 다른 인생을 살기 원한다면 나와 다른 모습으로 자라는 것을 받아들여야 한다. 우리 부부는 그럴 수 있을까. 어쩌면 아이의 학원비는 내 불안감을 잠재우는 비용일지 모른다.

이 글의 마무리는 하율이가 열 살이나 열한 살쯤 됐을 때 지어야 할 것 같다. 닥치지 않은 일에 대해 무엇을 장담할 수 있겠는가. 다만 내 불안감을 다스리는 비용이 그리 비싸지 않기를, 내가 점점 단단한 내면을 갖게 되기를 바랄 뿐이다.

아빠에게 육아를 허하라

복직을 하고 보니, 전에 없던 제도가 생겨 있다. 임신 중이거나 출산 후 1년이 지나지 않은 근로자의 연장·휴일·야간 근로를 제한하는, 이른바 '모성 보호 제도'. 내 경우 아직 하린이를 낳은 지 8개월밖에 안 되었기 때문에 근로기준법에 따라 야간·휴일 근로는 불가능하고, 연장 근로도 하루 두 시간 이하로만 가능하다. 이 법규 덕분에 나는 라디오 PD들이 한 달에 한 번 해야 하는 숙직 근무에서 한동안 제외되었다. 하율이를 낳을 당시에는 이런 제도가 없었다. 젖먹이 아이를 떼어놓고 한 달에 한 번씩 꼬박꼬박 회사에서 자야 했던 밤, 텅 빈 숙직실에 울려 퍼지던 '부르륵 부르륵' 하는 유축기 소리가 아직도 귀에 선하다.

회사 입사 동기들에게 '이런 제도가 있으니 참고하라'고 단체 채팅방에 올려줬더니, 나와 같은 해에 아이를 얻은 남자 PD가 그런다. "이거 사실 배우자한테도 적용해야 해. 남편이 야간이나 휴일에 근무하면 엄마가 고생하잖아. 그리고 여성들한테만 이런 제도를 적용하면 회사에서 여사원 채용을 기피할 것 아냐." 카톡방은 순식간에 이 PD를 향한 동기들의 찬사로 넘쳐났다. "이 남자, 안 그래도 멋있었는데 아이 낳고 완전 개념남 됐네!" "○○ 오빠는 점점 완벽해지네요." "○○○을 사장으로!"

없던 제도가 생긴 건 물론 고무적인 일이지만 이게 여성에게만 적용된다는 점에서 '육아는 여성의 몫'이라는 사회적 인식이 강하게 읽힌다. 사실 우리나라에 아이를 키우는 남성 근로자를 위한 제도는 거의 전무하다. 심지어 출산 휴가 일수도 '5일의 범위에서 최소 3일 이상'이라고만 규정되어 있다. 우리나라의 회사 분위기, 뻔하지 않은가. 법에 '최소 3일'이라고 돼 있다는 건 길게 줘야 3일이란 뜻이다. 내 남편도 하율이와 하린이를 낳을 때 각각 3일씩 쉬었다. 아니, 결혼할 때 신혼여행으로 쓰는 휴가가 7일인데 아내가 아이를 낳았을 때 고작 3일 쉬는 게 말이 되는가? 여성이 아이를 낳고 몸을 회복하는 기간은 최소한 4주다. 남편이 3일 있다가 출근해야 하니, 결국 외부의 도움 없이는 이 기간을 버틸 수 없다. 친정엄마나 시어머님의 도움을 받을 수 없거나 도우미를 고용할 돈이 없으면 아이를 낳지 말라는 말인가?

마트나 고속도로 휴게소의 수유실에 갈 때도 비슷한 걸 느낀다. 수유실에는 으레 "아빠는 밖에서 기다리세요"라는 팻말이 붙어 있다. 수유실은 엄마의 공간이라고 선언하는 것이다. 하지만 보통 수유실에서 '수유'만 하는 건 아니다. 기저귀도 갈고, 손도 씻기고, 이유식도 먹인다. 그래서 수유실은 이런 다양한 일을 하는 '거실' 같은 공간과 진짜 수유를 하는 '방' 같은 공간으로 분리되어 있다. 적어도 '거실' 같은 공간까지는 아빠가 들어올 수 있어야 하지 않나?

수유실 밖에 쓰여 있는 '남성 출입 제한'이라는 문구 때문에 아빠들이 쭈뼛쭈뼛 수유실 안을 기웃거리는 모습을 볼 때면 내 마음이 다 안쓰럽다. 아빠가 혼자 아이를 데리고 나온 경우라면 어쩔 것인가. 한 발 더 나아가 엄마가 없는 싱글 대디 가정이라면 어찌해야 하는가. 수유실 간판을 '육아방'이라고 바꾸고 육아방 안에 수유방을 따로 두어야 한다고 생각한다. 아이를 돌보는 아빠를 쭈뼛거리게 해서는 안 된다. 아이를 데리고 외출한 아빠가 자연스럽게, 재미있게 상황을 즐길 수 있어야 한다. 그래야 엄마가 편하다……는 아니고, 흠흠, 아이를 향한 아빠의 사랑도 존중받아 마땅하다.

최근 몇 년간 세계적인 베스트셀러가 된 유발 하라리의 책《사피엔스》에 이런 내용이 나온다. 왜 인간은 다른 동물들에 비해 미숙한 상태로 태어나는가. 갓 태어난 망아지는 곧 걸을 줄 알게 되고 고양이는 생후 몇 주 만에 사냥에 나서는데, 유독 인간의 아기만 여러 해 동안 어른들이 돌봐야 하는 이유 말이다. 그건 직립보행 때문이라고 저자는 말한다. 똑바로 서서 걸으려면 엉덩이가 좁아야 하므로 아기가 나오는 산도도 좁아진다. 그런데 이게 분만 중 사망하는 여성의 수를 증가시켰다는 것이다. 그래서 인간은 아기의 머리가 작을 때 일찍 출산하는 쪽으로 진화하게 되었다.

이렇게 미숙한 상태로 태어나는 약점을 보완하기 위해 인간은 어떤 일을 벌였는가. 가족과 사회를 발달시켰다. 인간 여자는 혼자서 자녀와 자신의 식량을 조달할 수 없다. 인간을 키우려면 부족이 필요했고, 따라서 인간은 강한 사회적 결속을 이룰 능력이 있는 존재로 진화해왔다는 것이다. 인간의 사회적 능력이 뛰어난 이유는 아이를 키우기 위해서다. 공동체 전체가 육아에 책임이 있는 이유는 우리가 직립보행을 하기 때문이다. 유레카! 두 발로 걷는 모든 자, 육아에 책임이 있느니!

하지만 지금 한국 사회는 공동체는커녕 가족도, 아니 부부도 아이를 함께 키우기가 어렵다. 오로지 아이 엄마 한 명에게만 육아를 맡긴다. 이것은 불공평한 게 아니다. 미개한 것이다. 진화를 거스르는 일이다. 남성에게도 육아를 허해야 한다. 아빠들의 근로시간을 줄이고 아이를 돌보는 남성을 위한 공간이 마련되어야 한다. 이 일에 책임 있는 정치인, 기업인, 공무원들이여, 서두르시라. 그러지 않으면 다시 네 발로 걷는 방향으로 진화하게 될지 누가 알겠는가.

우리는 왜 이렇게
오래, 열심히 일하는가

박근혜 전 대통령의 탄핵과 관련해 영국 BBC와 인터뷰를 진행하던 부산대 로버트 켈리 교수. 자택에서 화상 인터뷰를 진행하던 중 그의 네 살배기 딸이 갑자기 방으로 들어오는 해프닝이 있었고 이 장면은 전 세계적으로 화제가 됐다. 나 역시 이 동영상을 몇 번이나 돌려보았다. 네 살 메리언의 천진한 어깨춤, 우당탕 들어오는 엄마 김정아 씨의 다급한 몸짓, 눈을 지그시 감으며 슬쩍 웃는 켈리 교수의 표정('아, 이 못 말리는 녀석들'이라고 생각하는 그의 속마음이 들리는 듯했다). 처음부터 끝까지 너무나 사랑스러웠다.

이 일이 있고 며칠 후 부산대학교에서 있었다는 공식 인터뷰 동영상도 챙겨 보았다. 막대사탕을 물고 기자회견장에 들어서는 메리언의 위풍당당함이라니, 방 안에서 자신을 끌어내려는 엄마에게 "엄마, 왜 그래!!" 하고 묻던 그 소녀가 맞았다. 켈리 교수 부부의 말도, 아이들의 귀여움도 인상적이었지만 또 하나 내 시선을 사로잡은 게 있었다. 메리언이 쓰고 있던 안경이었다. 네 살 메리언은 안경을 쓰고 있었다.

우리 하율이도 얼마 전부터 안경을 쓰기 시작했다. 하율이는 올해 여섯 살이다. 처음 '하율이에게 안과 정밀검사가 필요하다'

는 이야기를 들은 건 작년 영유아건강검진 때였다. 소아과 의사 선생님이 "시력이 좀 안 좋은 편이니 검사를 받아보시라"고 말했지만 나와 남편은 크게 신경 쓰지 않았다. 출산 직후 열심히 읽었던 육아 서적들에 신생아 때는 눈이 거의 보이지 않다가 자라면서 점점 시력이 좋아진다고 나와 있었기 때문에 막연하게 하율이의 시력이 '나이가 들면서 자연스럽게 좋아지는 과정' 중에 있다고 생각했던 것이다. 시력이 좋아지는 과정이 얼마 동안 진행되는지, 몇 살 정도에 시력이 완성되는지 정확히 몰랐던 것이다(신생아일 때는 그토록 육아 서적을 뒤적이며 지식을 쌓았는데, 아이가 자랄수록 이렇게 무지해져갔다). 안과에 가보라는 의사의 말을 들었지만 결국 다음 영유아검진 시기가 되도록 한 번도 가지 않았다. 이유야 뭐, 뻔하지 않은가. 바빴다.

그리고 올해 검진 때 의사가 시력 검사를 정밀하게 받아보라는 말을 다시 한 번, 이번엔 좀 더 강하게 이야기했다. 여전히 바쁜 나와 남편을 대신해 시어머님이 하율이를 안과에 데려가셨고, 의사로부터 아이의 난시가 심하다는 진단을 받았다. 그제야 나와 남편은 상황이 심각함을 깨달았다. 그 주 토요일, 내가 집에서 둘째를 돌보는 동안 남편이 하율이와 병원에 다녀왔다. 남편이 전해준 의사의 말은 이랬다. '하율이는 난시가 심하다. 시력 교정용 안경을 써야 한다. 보통 만 6세 정도면 시력이 완성되기 때문에 3~4세 정도에 안과 검사를 받고 만약 이상이 있다면 6세

이전에 교정을 해야 한다. 하율이는 늦었다. 왜 진작 안과에 데려오지 않았나.'

나와 남편 모두 충격을 받았다. 특히 남편이 무척이나 마음 아파했다. 기회가 있었는데, 다섯 살 건강검진 때 안과 검진 소견을 이미 들었는데, "우리가 실기(失期)했다"고 표현하며 하율이에게 미안해했다. 우린 뭘 하고 살고 있는 걸까, 대체 하율이에게 무슨 짓을 한 건가……. 정말 마음이 무거웠다.

비슷한 시기에 이런 일도 있었다. 둘째 하린이를 어린이집에 보내면서 제출해야 할 서류 중에 영유아건강검진 결과표가 있었다. 최근 한두 번 건강검진 시기를 놓쳤다는 걸 알고 있었기 때문에 원장 선생님한테 '예전 서류를 제출해도 되느냐'고 물었고 그렇게 하라는 답변을 받았다. 서류를 뽑기 위해 '건강in' 사이트에 들어가서 검색했더니, 세상에, 하린이가 그동안 영유아건강검진을 받았던 기록이 하나도 없었다! '한두 번 시기를 놓친 것뿐'이라고 생각했는데, 그 한두 번이 하린이가 건강검진을 받아야 하는 횟수의 전부였던 것이다. 심장이 철렁했다. '서류 미비로 어린이집 입학이 취소되는 걸까?' 불안해하며 원장님께 여쭤보러 갔는데, 얼굴이 화끈거려 차마 입이 떨어지지 않았다. "하린이가 그동안 건강검진을 한 번도 받지 않았어요"라고 말하려니 너무 부끄러웠다. 속으로 '대체 뭐 하는 부모들인가' 생각하실 것 같았다. (다행히 입학이 취소되진 않았다. 1만 원을 내면 검진 시기가 아니어도 검진을 받을 수 있다.)

일련의 사건을 겪으면서 남편은 진지하게 '퇴직'이라는 단어를 입에 올렸다. 사실 남편이 휴직, 이직, 퇴직을 고민한 건 꽤 오래된 이야기다. 여러 번 망설였지만 결론은 늘 같았다. 일하는 시간이 너무 길다, 아무리 생각해도 이건 아니다 → 그만둘까? 옮겨볼까? → 결심을 굳힐 때쯤 바쁜 시즌이 끝나 퇴근이 조금 빨라지거나 보너스가 들어온다 → 그래도 이만큼 월급을 주는 회사도 드물지, 옮겨봐야 다른 데도 퇴근 시간은 비슷하잖아? 일단은 그냥 좀 더 다니자 → 다시 바쁜 시즌이 돌아온다 → 이렇게는 못 살겠다, 돈을 좀 덜 받아도 일찍 끝나는 데로 옮기자 → 그럼 어디 한 번 알아볼까? → 여기저기 알아보며 고민하는 사이 월급이 들어온다……. 이런 과정이 무한 반복된다. 그사이 아이들은 자랐고 하율이의 시력은 완성되었으며 우리는 기회를 놓쳤다.

켈리 교수 가족의 인터뷰를 보며 생각했다. 메리언은 네 살이라는데 벌써 안경을 썼네. 메리언도 난시일까? 그래도 네 살 때부터 안경을 쓰고 있으니 곧 교정되겠구나. 메리언은 제때 안과검사를 받았나 보다. 켈리 교수나 김정아 씨는 나나 내 남편처럼 늦게까지 일하지는 않겠지? 켈리 교수 가족이 더 행복해 보이고 여유 있어 보였던 건 그래서일 것이다. 메리언이 평소 자유롭게 아빠의 서재에 드나든다거나 켈리 부부가 이 일로 아이들에게 화를 내지도 꾸짖지도 않았다는 인터뷰도 '그래, 노동시간이 우리처럼 길지 않으니까 저런 마음의 여유가 나오는가 보다'라고 해석됐고, 마이크에 대고 '메롱'을 하는 메리언의 당당한 모습도 '엄마 아빠랑 같이 있는 시간이 기니까 저렇게 아이가 자신감이 있나' 싶었다. 심지어 돌발 상황 당시 BBC 앵커가 켈리 교수에게 "어…… 당신 딸이 지금 방에 들어온 것 같네요"라고 말하는 장면을 보면서 '뉴스 프로그램에서 저렇게 관대하고 여유로운 멘트를 하다니, 저 앵커도 집에서 좋은 아빠인 게 틀림없어'라고 생각했다. 메리언의 핑크색 안경은 이렇게 나를 자격지심과 피해망상 덩어리로 만들었다.

케이시 윅스의《우리는 왜 이렇게 오래, 열심히 일하는가?》는 순전히 제목 때문에 읽게 된 책이다. 요즘 우리 부부의 최대 관심사다. 뭘까, 우리를 이렇게 살게 만드는 것은……. 저자에 따르면 '하루 여덟 시간, 주 5일 근무'가 풀타임 근무의 표준이 된 건 2차 대전 직후라고 한다. 그리고 그 표준은 당시 대개의 노동자(남성)가 '집 안의 여성으로부터 보조를 받는다'는 가정 하에 설정된 것이라고 한다.

> 남성 노동자가 무급 가사노동을 책임져야 했다면, 그가 하루에 최소 여덟 시간 일해야 한다고 확실히 요구받았을 것으로 상상

하기는 어렵다. 줄리엣 쇼어가 주장했듯이 젠더 분업이 없었고 역사의 바로 그 시점에 가구 내 재생산노동을 풀타임으로 담당하는 여성의 비율이 그렇게 높지 않았다면, 이런 노동시간제는 결코 발전하지 못했을 것이다. (중략) 풀타임과 시간외근무 모두 다른 누군가가 가정 내 노동의 주된 책임을 맡아줄 수 있다고 가정할 때에만 합리적인 선택지로서 통과될 수 있다.

케이시 윅스의 요구는 두 가지다. 모두에게 조건 없이 지급되는 기본소득과 주 30시간 노동. 나와 남편이 이 사회에서 노동자로 기능하는 동안 그런 시대가 올까? 적어도 지금으로선 요원해 보인다. '하루 여덟 시간 노동'이 불가능한 상황(가정 내 노동 담당자의 부재)으로 바뀌었는데 사회는 여전히 그 시절에 정했던 노동시간을 요구하는 셈이다. 남편의 회사는 7월에 보너스를 준다. 남편은 그때까지만 다니고 퇴직을 하겠다고 말한다. 나는 내심 그가 이번에는 정말 실행에 옮기기를 바라고 있다. 결국 우리는 '젠더 분업' 시대로 역행할 수밖에 없는 것일까.

시어도어 젤딘의 책 《인생의 발견》에 이런 문장이 있었다.

우리는 일상의 중압감에 눌려서 삶의 근본적인 문제에 관한 대화를 회피할 때가 많다. 가장 중요한 문제를 가장 적게 논의한다.

나와 남편은, 그리고 우리 사회는 아무리 사는 게 바빠도 이 중요한 문제를 논의해야만 한다. 어떻게 하면 이런 실수를 다시 하지 않을 수 있을지, 이 잔인한 노동시간이 일상인 나라에서 우리는 대체 어떻게 살아가야 할 것인지를.

‘돈이 없으면 아이를 낳으면 안 된다’는 말

현재 우리나라에는 1만 4000여 명의 아이들이 아동양육시설(이하 보육원)에서 생활하고 있다. 그중 상당수는 연고자가 있다. 부모의 사망이나 교도소 수감, 아동학대 등 ‘특별한 경우’를 제외하면 부모가 일하는 동안 아이를 돌봐줄 사람이 없어 어쩔 수 없이 보육원에 맡겨진 아이들이 많다.

작년이었나 재작년이었나, 식사 자리에서 소아청소년정신과 전문의이신 서천석 선생님에게 처음 이 이야기를 들었다. 나는 충격을 넘어 경악했다. 먹고살기 위해 일할 동안 아이를 돌봐줄 사람이 없어 시설에 맡겨야 하는 부모라니, 생각할수록 기가 막혔다. 21세기 대한민국에 생계를 위해 부모와 생이별하고 고통스러워하는 아이들이 있다니, 심지어 많다니, 지금도 생겨나고 있다니, 이게 가당키나 한가. 심장이 벌렁거릴 정도로 화가 났다. 한동안 이 이야기에 사로잡혀 지냈다.

나는 저출산·보육 문제가 노동 문제와 동의어라고 생각한다. 이 둘을 떼어놓고 문제를 풀 방법은 없다. 아이를 키울 돈을 벌기 위해 아이와 이별하는 부모, 이건 우리나라의 저출산·보육 문제가 어떻게 노동 문제와 연결되어 있는지를 단적으로 보여주는 사례이지 않은가. 저임금, 고용 불안, 긴 노동시간, 보육시설 부족 등 육아와 관련한 모든 이슈가 여기에 녹아 있다. 2016년 12월 MBC 창사 특집 프로그램을 제작하게 됐을 때 나는 이 이야기를 떠올렸다. 이걸 해야겠다고, 꼭 해야만 한다고 생각했다.

그런데 겁이 났다. 어느 부모가 방송에서 그런 이야기를 하려고 할까. 제 손으로 아이를 보육원에 맡긴 이야기를. 갖가지 통로로 인터뷰해줄 부모를 찾으면서 끝끝내 인터뷰이를 못 찾을 경우에 대비해 다른 아이템을 동시에 진행했다. 섭외되면 이것, 안 되면 저것, 그렇게 생각하고 꽤 오랜 시간을 보냈다. 더 이상 미룰 수 없는, 이제는 결정을 해야 할 타이밍에 극적으로 두 명의 부모가 인터뷰를 하겠다는 소식을 전해왔다. 다큐멘터리를 제작했던 기간을 통틀어 그 전화를 받았던 순간이 제일 기뻤다. 5년 전에 이혼하고 두 아들을 보육원에 맡긴 엄마 A씨와 택시 운전을 하며 혼자서 세 남매를 키우다가 10여 년 전 아이들을 보육원에 맡긴 아빠 B씨가 주인공이었다.

A씨는 인터뷰를 하면서 많이 울었다. 아이들을 보육원에 맡기고 돌아서던 순간을 떠올리면서, 자기 손으로 직접 아이들의 짐을 싸던 그 밤을 설명하면서 그녀는 오열했다.

"혹시 지저분하게 하고 가면 미움받을까 봐 손톱, 발톱 다 깎이고, 이발시키고…… 짐을 싸는데…… 신발장에서 아이들 신발만 담고 옷장에서 아이들 옷만 꺼내고…….”

그 이야기를 들으면서 나 역시 내 울음소리가 녹음기에 들어갈까 입을 틀어막으며 끅끅거렸다. A씨의 아들은 여섯 살에 보육원에 갔고 여덟 살에 우울증이 왔다고 한다. “엄마, 왜 우린 떨어져서 살아야 돼? 나 엄마 말 잘 들을게. 힘들게 안 할게. 나 데리고 가면 안 돼?”라고 말하는 아이 앞에서 그녀는 엄마도 너랑 같은 마음이라고, 그렇지만 엄마가 회사를 열심히 다녀야 돈을 벌어 빚을 갚고 집을 마련할 수 있다고, 같이 살 날을 꿈꾸면서 참아보자고 말했다.

“아이들을 데려와봤자 결국 다시 보육원에 맡기게 될 거니까……. 어차피 키울 수 있는 상황이 못 되잖아요. 당장은 가슴 아프지만 냉정하게 판단해야 한다고 생각했어요. 내가 다시는 내 손으로 아이들을 거기 데려가지 않으리라, 다시는 그런 상황을 만들지 않으리라, 생각하면서 이를 악물고 버텼어요.”

택시 기사인 B씨는 이틀 일하고 하루 쉬는 방식으로 근무한다. 사납금을 제하고 그가 가져가는 돈은 10년 전엔 120만 원, 지금은 150만 원 정도다. 일하는 날, 그는 새벽 3시에 나와서 밤 10시에 운행을 마무리한다. 이혼을 하고 한동안 B씨는 운전을 하면서 두세 시간에 한 번씩 집에 들러 막내아이의 기저귀를 갈아주고 먹을 것도 챙겨주었다. 집에는 아이들만 있었다. 그 상황을 알게 된 주민센터 공무원이 아이들을 보육원에 맡길 것을 권유했다고 한다. 시설도 괜찮고, 공부도 잘 시켜준다고. 그는 담담하게 말했다. "지금 생활에 만족해요. 아이들도 적응해서 잘 지내고 있고 저도 전보다 훨씬 수월하고요."

집이 없어서 친구네 얹혀사는 엄마가 어떻게 아이를 키울 수 있을까. 하루에 18시간씩 일하는 아빠가 무슨 수로 아이를 돌볼 수 있을까. 정부가 이들을 위해 했던 일은 집이나 생활비를 지원하는 것이 아니라 아이를 키워줄 보육원이 있다고 알려주는 것이었다.

내레이션 원고에 넣었다가 빼버린 문장이 있다. "정부의 정책이 유도하는 건 뭘까요? '아이를 많이 낳으세요'라고 말하는 건지, '능력이 없으면 낳지 마세요'라고 말하는 건지 헷갈립니다." 너무 감정적인 것 같아서 다른 말로 고쳤지만 내가 진심으로 하고 싶었던 얘기였다.

정말 출산율이 높아지길 원한다면 사람들이 아이를 낳을 생각이 들도록 해야 할 것이 아닌가. 경제력이 부족한 부모들이 얼마나 비참하게 아이를 키우고 있는지 뻔히 보이는데, 어떻게 아이를 낳겠는가. 취재하면서 만났던 한 보육원 원장이 분노를 억누르며 떨리는 목소리로 이런 말을 했다. "아이를 많이 낳으라고 할게 아니라 낳은 아이들을 잘 키울 수 있게 해줘야지요. 생명은 소중한 거잖아요. 어떤 환경에서 태어났든 아이들은 잘 자랄 수 있어야 하잖아요. 우리 아이들을 보면 얼마나 예쁜지 알아요?"

프로그램이 방송되는 동안 청취자들의 실시간 반응을 보는데, 한 청취자가 이런 문자를 보내왔다.

"저렇게 키우려고 애를 셋이나 낳았나?"

이게 핵심인 것 같다. 사람들은 돈이 없으면 애를 셋이나 낳으면 안 된다고 생각한다. 이혼, 사별, 빈곤, 질병은 살면서 누구나 겪을 수 있는 사고 같은 것이지만 한국에서는 부모가 그런 상황에 처해지면 바로 나락으로 떨어지기 때문이다. 아이와 이별해야 하는 지옥 같은 나락으로.

사례자 두 사람이 다른 나라에 있었다면 어떤 상황이 펼쳐졌을지 궁금했다. 프랑스에 있는 한 박사님에게 이 둘의 프로필을 드리면서 복지 담당 공무원을 만나 상담을 받아봐달라고 부탁했다. 그가 재미있는 이야기를 들려주었다. 프랑스 공무원에게 인터뷰를 요청하고 기다리는데 담당자가 전화를 했더라는 것이다. 이 두 사람이 지금 어디에 있느냐고. 프랑스에서 복지 문제는 굉장히 예민한 이슈이고 선거에도 영향을 주는 중요한 사안이라서 만약 A씨나 B씨 같은 경우가 발생하면 공무원들이 민감하게 반응한다고 한다. '이런 극한의 상황이 벌어질 리가 없는데' 하고 놀란 공무원들이 "이들이 어디 있느냐"고 물었다는 얘기에 나는 말 그대로 '웃펐다'. 그렇지, 그런 시스템이어야 출산율이 두 명을 넘지.

B씨에게 '꿈꾸는 그림'이 있느냐고 물었더니 세 가지를 말했다. 월수입이 200만 원 정도만 됐으면, 아이들의 공부를 봐줄 사람이 있었으면, 방 두 개짜리 집이 있었으면. (그는 내게 방이 두 개여야 하는 이유를 구구절절 설명했다. 딸은 따로 자야 하지 않느냐고. 방 하나는 아들 둘에게 주고, 다른 방 하나는 딸에게 주고, 자기는 거실에서 자도 된다고.) A씨에게는 어떤 회사에 다니고 싶은지를 물었다. 그녀의 대답은 이랬다. 아이들이 학교에 가고 나서 출근하여 아이들이 집에 올 때쯤 퇴근하면 좋은데, 그런 회사는 우리나라에 없지 않느냐고, 바라지도 않는다고, 꿈일 뿐이라고.

이들의 이야기를 들으면서 '아무리 그래도 자기 자식을 어떻게 보육원에 맡겨'라고 생각하는 사람의 수를 얼마나 줄일 수 있는가, 이게 관건이라고 생각했다. 아니나 다를까, 청취자들의 반응을 보면서 육아에 관한 한, 사람들이 받아들이는 '마지노선'의 범위가 참 다양하다는 걸 느꼈다. 복지 문제를 다루는 프로그램은 '정서'와 '정부', 둘을 함께 상대해야 하기에 어렵다는 생각이 든다. 대중과 정부를 동시에 설득해야 하는 셈이다. 그리고 그건 복지 분야에 얼마의 돈을 어떻게 써야 하는지에 대해 논할 때 각

계각층이 첨예하게 대립하는 이유와 다르지 않을 것이다.

A씨의 아들이 쓴 일기장을 보았다. 돈 이야기가 참 자주 등장했다. 나에게 100만 원이 생긴다면 교통카드를 사서 엄마 집에 다녀오겠다, 내가 투명인간이 된다면 엄마를 보고 오겠다, 엄마 집의 월세는 얼마다, 엄마한테 돈을 주고 싶다……. 자식을 떼어 놓고 피눈물을 흘리는 부모들, 부모를 그리워하는 아이들의 이 기막힌 상황이 조금이라도 알려지기를 바랐다. 이건 우리가 지금도 충분히 해결할 수 있는 문제인데 당장이라도 손을 써야 하지 않느냐고, 이걸 방치하면 정말 죄받는다고 말하고 싶었다.

요즘은 예전만큼 라디오를 듣는 사람이 많지 않다는 걸 안다. 이 프로그램을 몇 명이나 들었을까. 그중에 공무원이나 정치인들도 있었을까. 방송이 끝나고 너무도 아쉬운 마음에 PD는 프로그램으로 말해야 하는 걸 알면서도 이렇게 구구절절 긴 글을 남긴다.

P.S.

MBC 창사 특집 다큐멘터리 〈집에 가는 날〉은 2016년 12월 2일 오전 11시 30분에 MBC 표준FM에서 방송되었고 제44회 한국방송대상 작품상(라디오 다큐멘터리 부문)을 수상했습니다. 인터뷰에 응해주신 두 분께 다시 한 번 진심으로 감사의 마음을 전합니다.

내가 살고
싶은 집

"인간에게 꼭 필요하지만 결여된 부분을 동물이 해줍니다. 예를 들어 성인이 되면 친밀한 행위를 별로 안 하죠. 아빠 왔다고 가서 핥아주고 그러지 않잖아요. 그런데 개는 그렇게 하고, 그럼으로써 서로의 본성에 비어 있는 부분을 채우는 거죠."

— 김영하, 《말하다》 중에서

아이를 낳아 기르면서 '내가 받았던 것을 이 아이에게도 주고 싶다'는 생각을 하게 된다. 그중 하나가 동물에 대한 경험이다. 내 딸들이 동물과 함께 살아봤으면 좋겠다. 시골에서 자란 나는 어린 시절을 갖가지 동물들과 함께 보냈다. 마당에 개를 길렀고, 외양간엔 소가 있었고(적게는 두 마리, 어떨 때는 열 마리쯤), 가끔은 닭도 키웠다. 비가 오면 당연하게 지렁이와 달팽이가 눈에 띄었고 장마 땐 어디서 왔는지 모를 개구리가 마당을 뛰어다녔다. 헛간에 쥐가 들면 엄마는 동네 어느 집에서 고양이를 빌려(!) 와서 며칠 집에 두었다. 어린 송아지에게 우윳병(손잡이가 달린 젖병이다)을 물려주며 바라봤던 맑은 눈동자, 송아지의 입안에 손을 넣고 손바닥을 쪽쪽 빨게 했을 때의 그 까끌까끌한 감촉

같은 건 내 또래가 흔히 갖기 힘든 기억일 거라고 자부한다. 초등학교 4학년 때 키우던 검둥개가 죽었고, 5학년 때 송아지가 팔려갔다. 그리고 사춘기에 나는 이런 내용의 일기를 썼었다.

"왜 동물은 사람보다 빨리 죽을까. 왜 짐승의 수명은 인간보다 짧을까. 인간으로 하여금 죽음이 무엇인지 보게 하려는 신의 뜻은 아닐까. 동물의 죽음을 목격하며, 사람은 막연하게나마 자신의 마지막을 짐작할 수 있다."

어릴 적 내가 만났던 동물들의 모습은 생각지 못했던 순간에 불쑥불쑥 기억에서 튀어나와 나에게 말을 걸었다. 그것들이 살아 있는 생명체였음을, 내가 인지했든 아니든 나와 '관계'를 맺었던 '존재'들이었음을 시간이 흐를수록 더 뚜렷이 느낄 수 있다.

이런 어린 시절 때문인지 나는 커서도 내 공간에 종종 동물을 들여놓았다. 삭막한 기숙사에서 외로움을 타던 대학 어느 시기에는 토끼를 길렀다. 아무 소리도 내지 않는 동물, 외부에 들키지 않고 기를 수 있는 동물, 그러면서도 보송보송한 살갗을 만질 수 있는 동물이 뭘까 궁리하다가 찾아낸 게 토끼였다. 회사에 입사하고 경제적으로 약간의 여유가 생기고 나서는 드디어 벼르고 벼르던 고양이를 입양했다. 하율이가 태어나기 직전까지 우리 집에 살던 녀석이다.

동물을 기를 수 있는 집에 살고 싶다. 하율이와 하린이에게도 동물을 경험하게 해주고 싶다. 구경하는 것 말고 관계를 맺는 것 말이다. 그래서 김영하 작가의 말대로 '인간 본성의 비어 있는 부분을 채워주는' 그 충만한 느낌을 맛보게 해주고 싶다.

날씨의 변화를 눈치챌 수 있는 집이면 좋겠다. 장마철, 별안간 바깥이 캄캄해지고 번개가 번쩍하면서 비가 쏟아지는 순간을 볼 수 있는, '후두둑' 하는 첫 한두 방울의 빗소리를 들을 수 있는 그런 집. 성인이 되어 서울살이를 시작하고부터는 '첫 빗방울'을 감지한 기억이 거의 없다. 늘 문득 고개를 들면 비가 오고 있었다. 나는 그게 못내 아쉽다. 어릴 때 내가 살던 집은 창문이 많았다. 한겨울, 아침에 눈을 떴을 때 뭔가 심상치 않은 기분이 들어 창을 열어보면 여지없이 밤사이에 눈이 와 있었다. 눈이 온 다음 날은 하여튼 분위기가 달랐다. 눈은 소리를 내진 않지만 분명 묘한 기운을 내뿜는다. 내가 살던 시골집은 그걸 느낄 수 있을 만큼 땅에 가까이 있었다. 밖에 나와야만 '아, 비가 왔구나', '눈이 왔었구나' 하고 알 수 있는 집이 아니라 공기의 변화를 눈치챌 수 있는 집이었으면 좋겠다. 바깥을 향해 기웃기웃 고개를 내밀고 있는 집이라고나 할까.

하율이와 하린이가 '내 방'의 추억을 가질 수 있는 집이라면 좋겠다. 나는 내가 처음 내 방(정확히는 나와 여동생의 방)에 입성하던 순간을 기억한다. 내가 초등학교에 입학하기 전해에 아버지는 가족들이 살 집을 새로 지으셨는데, 30평이 채 안 되는 방 세 개짜리 작은 단층집이었다. 거기서 나와 여동생은 처음으로 우리만의 공간을 가졌다.

새 집으로 짐을 옮기고 얼마 후, 온 가족이 함께 내 방의 가구를 고르러 가구 단지에 갔었다. 이제 초등학생이 되는 거라며 부모님은 우리에게 책상과 책장, 옷장을 사주셨다. 나와 동생이 직접 골랐다. 아빠가 가구집 사장님과 가격 흥정을 하시던 모습도 생생하다. 배송은 안 해줘도 된다고, 우리 트럭에 직접 싣고 갈 테니 가격을 좀 빼달라고 한참을 승강이하신 끝에 우리는 드디어 하얀 포터 트럭에 전리품을 싣고 집으로 향했다. 새 집, 처음 가져보는 내 방, 첫 책상……. 학교에 다니게 된다는 건 뭔가 중요한 사건이구나, 나는 이제 아이가 아니구나, 엄마 아빠도 나를 이제 다 큰 애로 취급해주는구나. 이런 생각들 속에서 나는 여덟 살을 맞이했다. 초등학교 입학은 내 방에 책상이 들어오던 날의 풍경과 맞물려 내게 강렬한 기억으로 남아 있다. 책상을 고르는 행사는 내가 인생의 한 단계를 넘어섰음을 인정하는 '의식'같이 느껴졌다.

여섯 살인 하율이는 아직 자기 방이 없다. 안방에 침대 두 개를 붙여두고 네 식구가 다 같이 잔다. 이유는 두 가지다. 우리는 맞벌이 부부라 하루에 길어야 두세 시간 아이와 함께 있을 뿐인데, 잠이라도 아이들과 같이 자고 싶었다. 덧붙여, 내가 그랬던 것처럼 하율이와 하린이에게도 처음 자기 방을 갖게 되는 날의 추억을 만들어주기 위해서다. 방에 가구가 들어오는 걸 바라보며 심장이 쿵쾅거릴 정도로 흥분했던 환희를, 처음 내 방에서 부모님 없이 잠자리에 들었던 그 밤의 묘한 기분을 느끼게 해주고 싶다. 그 흥분감을 느끼기 위해서는 하율이와 하린이가 일정한 나이가 될 때까지 방을 주면 안 된다. '내 공간'에 대한 간절함이 고조되는 타이밍에 짜잔! 하고 첫 방을 줘야만 한다. 나는 내심 그걸 초등학교 입학 즈음으로 계획하고 있다.

인테리어 블로그에서 북유럽 스타일로 아기자기하게 디자인한 아기 방을 볼 때, 하율이 친구 집에 놀러 가서 장난감이 착착 정리돼 있는 아이 방을 볼 때 하율이와 하린이에게도 그렇게 예쁘게 방을 꾸며주고 싶은 유혹을 느낀다. 하지만 꾹 참고 있다. 결핍 이후에라야 느낄 수 있는 종류의 기쁨이 있다고 생각하기 때문이다. 하율이가 처음으로 자기 방을 갖게 되는 날, 나는 이제 더 이상 하율이와 함께 잘 수 없음을 아쉬워하고 하율이는 드디어 자신만의 공간을 갖게 된 것에 설렜으면 좋겠다. 그날 느낄 그 모든 감정들이 나는 참 기대된다. 다음 집에서는 하율이의 방을 만들어주고 싶다.

이런 이유들 때문에 나는 아파트보다는 단독 주택에 살고 싶다. 틈틈이 알아보고 있는데, 결정하기가 쉽지는 않다. 단독 주택에 살고 싶은 이유가 100가지 정도라면 단독 주택에 살면 안 되는 이유는 1000가지쯤 되기 때문이다. 매매가 잘되지 않는다, 택배를 받아줄 경비원이 없다, 주변에 학교와 학원이 많은 곳이 드물다, 관리에 손이 많이 간다, 난방비가 많이 든다, 그리고 무엇보다 땅을 사고 집을 짓는 기간 동안 필요한 비용을 감당할 여유가 없다.

회사 부장님 중에 파주 어디쯤에 손수 집을 짓고 살고 계신 분이 있다. 자제 분들이 중고등학생인지라 한번 물어봤었다. "주변에 학원이 많이 없지 않나요? 아이들 교육은 어떻게 하세요?" 그 분이 시원하게 대답하셨다. "뭐 하나는 포기해야지!" 학원을 포기한 그 과감한 결단력에 감탄했다. 이렇게 쿨할 수가. 그러니 다시 공은 내게로 넘어오는 것이다. 너는 무엇을 포기할 것인가.

내년에 하율이는 일곱 살이다. 초등학교 입학을 앞두고 장기적인 주거지를 결정하고 싶은데, 여전히 내게는 어려운 질문이다. 욕심만 많다. 아이들이 편하게 뛰어다닐 수 있는 집이었으면. 어지르고 치우는 데 선택권을 줄 수 있는 공간적 여유가 있었으면. 죄책감 없이 피아노를 칠 수 있는 집이었으면, 그래서 내가 퇴근하고 집에 들어갈 때 입구에서부터 하율이의 피아노 소리를 들을 수 있었으면. 아침에 눈떴을 때 휴대전화 앱이 아니라 창밖의 풍경으로 날씨를 가늠할 수 있는 집이었으면. 마당이나 옥상 혹은 베란다에 고기를 구워 먹을 공간이 있었으면. 친구네 식구들을 초대해서 놀 수 있는 면적이었으면. 무엇보다 나중에 하율이와 하린이가 '유년 시절'을 떠올리면 자동으로 연결될 만큼 오래오래 살 수 있는 집이었으면…….

P.S.

아무리 생각해도 전세 기간이 2년인 건 말이 안 된다. 짐 푸는 데 1년, 짐 싸는 데 1년이던데, 나만 그런가.

사랑은 타이밍

마음이 쓰였던 건 작고 초라한 살림이 아니라 밤마다 간절히 기도하는 어머니의 굽은 등이었다. 그 오랜 기도가 만들어내는 고요함 가운데 어머니의 흐느낌이 시작되면 나는 화가 났다.

— 채사장, 《열한 계단》 중에서

책을 읽다가 이 부분에서 나도 모르게 탄성을 냈다. '나, 이거 뭔지 알 것 같아!'

우리 엄마도 나와 동생들을 위해 늘 기도하는 어머니였다. 새벽기도를 가기도, 잠든 나와 동생들의 이마에 손을 얹고 기도하기도, 우리 남매를 둘러앉히고 가정예배를 드리기도 했는데 그럴 때마다 엄마는 자주 우셨다. 나를 위해 울면서 기도하는 엄마를 볼 때면 나는 이 책의 저자처럼 종종 화가 났다. 어린 시절 교회는 내 세계의 거의 전부였고, 엄마는 신앙인의 모범적인 예였다. 그래서 '엄마의 눈물'에 불편함을 느끼는 스스로가 납득이 안 됐다. 불편함을 느낀다는 사실 자체가 나를 불편하게 했기 때문에 엄마는 물론 다른 누구에게도 이런 마음을 드러내지 않은 채 깊숙이 숨겨두었다. 오늘 《열한 계단》이라는 책에서 만난 저 문장은 오래전에 묻어둔 그 감정을 꺼내보게 만든다.

경제적 여유가 없어서 자식들이 원하는 걸 충분히 해주지 못한다고 엄마는 늘 안타까워했다. 피아노 학원을 다녔던 나는 종종 학원비가 밀렸고 엄마는 내게 몇 번쯤 "수연아, 선생님한테 며칠 있다가 학원비 드린다고 해"라고 겸연쩍게 말씀하셨다. 그렇게 말해야 했던 엄마는 얼마나 마음이 아팠을지, 그렇게 어려워도 꾸역꾸역 학원을 보냈던 엄마의 집념은 얼마나 대단했던 건지, 생각할수록 뭉클하다. 엄마의 아픈 마음은 기도에서 고스란히 드러나곤 했다. 엄마의 미안함, 엄마의 슬픔, 엄마의 고통이 느껴졌다. 나는 그게 불편했다.

엄마의 울음이 나에 대한 사랑에서 비롯됐다는 생각 때문이었던 것 같다. 하지만 내가 '자녀에게 부담을 주지 말자'거나 '자식에 대한 과도한 미안함은 불필요하다'거나 하는 식으로 말할 수는 없다. 그 시절 내 엄마의 눈물은 참거나 조절할 수 있는 게 아니었음을 알기 때문이다. 자기 삶의 무게와 자식에 대한 사랑과 인생 본연의 슬픔이 차올라 자연스럽게 흘러내리는, 이를테면 땀 분비와도 같은 거였다. 미안함과 안타까움에 눈물을 참을 수 없을 만큼 거대한 사랑을 부담 없이 받아내는 것이 가능할까. 여기에 부모 자식 관계의 본질적인 슬픔이 있는 것 같다. 부모와 자식의 관계는 원래 그렇게 어긋나는 사랑인 것은 아닐까, 이 사랑은 애초부터 비극의 요소를 품고 있는 장르가 아닐까, 이런 의심을 그래서 하게 된다.

나는 요즘 하율이와 하린이가 미칠 듯이 예쁘다. 너무도 사랑스러워서 어떻게 해야 할지 모를 때가 있다. 18개월 하린이가 자면서 코를 곤다(세상에, 아기도 코를 고네?). 걸음마를 시작하고부터는 발냄새가 난다(어머, 발냄새도 나!). 똥을 누면서 얼굴이 새빨개지도록 힘을 준다(오빠! 얘 힘쓰는 것 좀 봐). 앞니로 오물오물 콩나물대가리를 씹는다(어금니도 없는 게, 먹고살겠다고!). 인간이 하는 이 당연한 행동 하나하나가 경이롭고 신기하다. 이런 당연한 걸 신기해하는 나도 신기하다. 하율이가 컸듯이 하린이도 곧 자라서 말하고 뛰어다니고 잘난 척할 걸 생각하면 하루하루가 아쉽기도 하다. 아마 내 부모님도 이런 식으로 나를 사랑했을 것이다.

그런데 내가 이런 주체할 수 없는 사랑의 감정을 부모님에 대해서 느끼기 시작한 건 불과 얼마 되지 않았다. 엄마 아빠의 죽음이 현실로 다가오면서부터다. 엄마가 돌아가시고 아빠가 병원에 장기 입원하시면서 나는 대상 잃은 사랑의 감정을 추스르느라 힘들어졌다. 딸들을 보면 자꾸 부모님이 떠오른다. 부모 자식 간의 사랑은 이렇게 필연적으로 타이밍이 어긋날 수밖에 없는 걸까.

불가능한 상상을 자꾸 한다. 서른 살의 내 딸과 서른다섯 살의 내가 같이 영화를 보고, 여행을 하고, 맥주잔을 기울이며 담소를 나누는 상상. 지금 당장, 서른 즈음의 내 딸을 만나고 싶다. 내 딸이 서른 살쯤 됐을 때 동년배의 내가 이야기를 나눠주고 싶다. 엄마와 나와 하율이, 하린이를 생각하면, 그런 설명할 수 없는 마음이 들 때가 있다.

거절당하는 기분

최근 두 딸을 데리고 제주도에 휴가를 갔다가 말로만 듣던 '노키즈존' 식당을 만났다. 휴대전화로 맛집을 검색해서 찾아간 식당이었는데, 문 앞에 "13세 이하 어린이는 입장이 불가합니다"라고 쓰여 있었다. 우리 부부는 매우 당황했다. 식당 주인에게 혹시 포장이 되는지를 물었더니, 가능하다기에 그럼 밖에서 기다리겠노라 말했다.

3인분의 식사를 주문하고 포장을 기다리는 동안 아이 둘을 데리고 식당 밖에서 서성이고 있자니, 조금 서러워졌다. 과장해서 표현하자면 여관에서 줄줄이 거절당하고 마구간에서 아이를 낳던 요셉과 마리아가 된 기분이었달까. 4월, 제주도의 저녁은 아직 쌀쌀했다. 바람이라도 좀 피하고 싶었지만 "13세 이하 어린이는 입장이 불가합니다"라는 안내가 너무 단호하게 느껴져서 차마 입이 안 떨어졌다. 숙소로 돌아오는 길, 나와 남편은 뒤늦게 후회했다. 너희들에게는 안 판다는데, 뭘 또 그걸 포장까지 해달라고 했을까. 치사하다 싶기도 했고 자존심이 상하기도 했다.

남편과 몇 날 며칠을 두고 노키즈존에 대해 이야기를 나눴다. 그만큼 우리에겐 충격적인 일이었다. 아이는 들어올 수 없다니, '유대인과 개는 출입 금지'라는 팻말과 뭐가 다른가? 아이들이 시끄럽게 떠들고 지저분하다고? 아니, 세상 떠나가라 큰 소리로 애기하는 매너 없는 중년들이 얼마나 많은데? '○○○ 출입 금지'라는 말에 장애인, 흑인, 여성 같은 단어를 넣는다고 생각해 보자. 말도 안 되지 않나? 그런데 왜 '아이'라는 말을 넣는 건 가능하다고 생각하는 걸까?

인터넷에서 '노키즈존'에 대한 이런저런 글들을 찾아보니, '무개념 부모들'의 이야기가 많이 나왔다. 식당에서 아이가 소변이 마렵다고 하자 컵에다 소변을 보게 했다거나 식사하는 테이블에서 기저귀를 갈았다거나 그 기저귀를 치우지 않고 그냥 갔다거나. 심지어 이런 기사도 있었다. 식당에서 아이가 뛰다가 다쳤는데 식당과 종업원이 4000만 원 정도를 배상해야 한다고 판결이 나서 결국 식당 문을 닫았다는 것이다. '식당 주인이 음식을 파는 건 권리이지 의무가 아니다'라는 게 노키즈존 찬성론자들의 논리였다.

많은 사람들이 "맘충이 문제다. 그동안 아이 엄마들이 진상 짓을 해왔기 때문에 노키즈존이 생긴 것이다"라고 말한다. 하지만 나는 '진상 짓을 해서'가 아니라 '진상 짓을 할 가능성' 때문에 입장을 제지당했다. 이게 정말 정당한가? 지금 쓰고 있는 이 글이 처음 허프포스트에 게재됐을 때 달렸던 많은 댓글들 중 하나는 '어떻게 유대인에 비유할 수 있느냐. 유대인은 아무런 해도 끼치지 않지만 아이는 다르지 않느냐'는 것이었다. 나는 그분들에게 '유대인 출입 금지'라는 팻말이 잘못된 이유가 뭐라고 생각하는지 묻고 싶었다. 유대인이 해를 끼치지 않기 때문에 출입 금지 조치가 잘못된 것인가? 반대로 말하면, 해를 끼칠 가능성이 있는 사람은 출입을 금지해도 되는 것인가? 통계상 흑인 범죄율이 높다 하더라도 그 사람이 흑인이라는 이유만으로 식당에 들어오지 못하게 하는 건 부당하지 않은가?

하지만 이건 내 의견일 뿐, 다른 생각을 가진 사람도 많을 것이다. 노키즈존이 차별인가 아닌가, 식당 주인의 권리와 차별 금지의 가치 중 어느 것이 우선인가, 이런 것들은 우리 사회의 구성원들이 서로 의견을 나누고 논쟁을 거듭하여 공감대를 넓혀가야 하는 문제라고 본다. 치열한 토론이 필요하고, 그 과정 자체가 우리를 성숙하게 할 거라고 생각한다. '이윤을 추구하는 한 명의 자영업자로서 내 사업장의 운영 방식을 정할 자유가 내게 없는가?' '아이들 없는 조용하고 쾌적한 환경에서 식사하고 싶은 손님의 권리는 어떠한가?' 이런 의견들에 반박할 말이 없지 않지만 여기서는 좀 다른 이야기를 하고 싶다. 노키즈존 식당을 처음 마주한 아이 엄마의 감상, "13세 이하 어린이는 입장이 불가합니다"라는 팻말 앞에서 아이를 키우는 부모가 느끼는 감정을 설명하려고 한다.

우리가 찾은 식당이 노키즈존이라는 걸 알았을 때, 우리 부부는 곧바로 "그럼 포장해 갈게요"라고 말했다. 왜 그랬을까? 내심 크게 당황했으면서도 나는 마치 '별로 개의치 않는다'는 듯이 도도하게 그 말을 했었다. 그렇게 행동한 내 심리가 뭔지 되짚어보았다. 내게 선택권이 없다는 걸 인정하고 싶지 않은 마음, '나는 멀쩡하다, 상처받지 않았다'고 우기고 싶은 방어기제, 아마 그런 것이었을 듯하다. 이는 그 상황에서 내가 상처를 받았다는 반증이기도 하다. '너희는 들어올 수 없다'는 메시지 앞에서 나는 세상으로부터 거절당하는 느낌을 받았다. 그건 우리 부부가 아주 오랜만에 느껴보는 감정이었다. 10여 년 전 취업 때문에 한창 면접을 보러 다니던 시절이 생각났다. 딱 그때 기분이었다. 굳게 닫힌 문 앞에 우두커니 서 있는 느낌. 그 감정을 떠올리는 데 10년 전으로 거슬러 올라가야 했다. 사실 대졸 학력에 서울 시민, 정규직, 이성애자, 비장애인, 젊은이인 내가 (여기에 남성이기까지 한 내 남편은 더더욱) '세상으로부터 거절당하는' 듯한 감정을 느낄 일이 몇 번이나 있었겠는가. '입장 불가'의 사유에 해당되기보다는, 오히려 누군가를 제외한다는 공지 앞에서 더 의기양양하게 제지선을 통과하는 게 익숙한 삶이었을 것이다.

그랬던 우리도 아이를 낳아 기르면서 자주 '죄송한 입장'이 된다. 아이와 함께 있을 때면 주변을 소란스럽게 할까 봐 언제나 긴장하게 되고, 아파트 엘리베이터에서 아래층 사람을 만나면 늘 미안함을 표현하게 된다. 이번에는 식당에서 '제한 대상'도 되어보았다. 아이가 아니었다면 느껴보지 못했을 감정이다. "미안할 짓을 왜 해?"라는 말을, 이제 나는 하기 힘들어졌다. 알면서도 자꾸 미안할 짓을 하게 되는 상황이 있다는 걸 알기 때문이다. 육아처럼.

아이를 키우면 전에는 안 보이던 게 보인다. 1미터 미만의 높이에서 세상을 바라보면 길거리 흡연자의 담배꽁초가 얼마나 위협적인지 알게 된다. 유모차를 밀고 다니다 보면 횡단보도 앞, 차로와 인도를 연결하는 경사로에 자동차를 정차하는 게 얼마나 잔인한 건지 알게 된다. 그건 휠체어 사용자에게도 마찬가지일 것이다. 유모차가 갈 수 있으면 휠체어도 갈 수 있다. 이것 역시 내가 '유모차족'이 되어보고 나서야 깨달은 사실이다.

노키즈존은 차별인가? 잠재적 위험 요소를 제거하고자 하는 식당 주인의 권리를 제한하는 것은 어디부터 가능한가? 이는 논리적인 설득으로 어느 한쪽을 이해시킬 수 있는 주제가 아닐지도 모른다. 아이를 키우는 부모 입장에서 딱히 할 수 있는 건 없다. 그저 사람들의 선의에 기대보는 것이다. 우리 사회가 좀 더 아이에게 호의적인 시선을 갖게 되길, 아이를 키우는 건 공동체 전체의 배려가 필요한 일임을 더 많은 사람들이 이해하게 되길 바랄 뿐이다. 다만 이 질문은 하고 싶다. 노키즈존이 많은 사회와 적은 사회 중 어느 쪽이 살기 좋은 곳이겠느냐고. 아이나 부모에게뿐 아니라 다른 사람에게도 그런 '배제'의 분위기가 만연한 건 바람직하지 않은 것 아니냐고.

선의를 바라는 입장, 배려를 받아야 할 대상이 되어보니 어떻게 하면 우리 사회에 그런 분위기가 흐를 수 있을까를 고민하게 된다. 내가 관용을 구하는 대상이 특정한 부류의 사람이라면 문제가 쉬울 텐데, 나와 내 가족은 사회 전체, 불특정 다수로부터 배려를 받아야 하지 않는가.

1~2년 전쯤 우리 아파트에 서명운동이 일어난 적이 있다. 근처에 어린이 재활병원이 들어서는데 그걸 반대하자는 내용이었다. 여기에 동의하지 않는 나는 서명을 하지 않았고 나 같은 주민이 많았는지 지금 그 자리에는 무사히 어린이 재활병원이 들어서 있다. 그때 내가 믿었던 건 지구는 둥글고 세상만사는 연결돼 있다는, 그래서 내가 베푼 관용이 돌고 돌아 언젠가 내 자식에게도 돌아올 거라는 터무니없는 나비효과 이론이었다. 배제보다 배려에 익숙한 사회가 되기 위해 내가 할 수 있는 일, 우선은 내가 관용적인 인간이 되는 것 아닐까. 내가 배려할 수 있는 폭이 넓어질수록, 약자를 대하는 내 태도가 성숙해질수록, 내가 더 나은 인간이 되어갈수록 나와 내 자식도 더 배려받을 수 있을 거라는 막연한 믿음, 이게 노키즈존 앞에서 내가 내릴 수 있는 유일한 결론이다.

아빠들이 페미니스트가 돼야 하는 이유

얼마 전, '페친'인 만화가 권용득 씨가 페이스북에 '딸 가진 아빠'의 심리에 대한 이야기를 올린 적이 있다. 본문부터 댓글까지 아주 재미나게 읽으며 고개를 끄덕였던 기억이 난다. 딸이 남자친구와 스킨십을 하는 걸 보며 분노하는 마음, 내 딸을 괴롭힌 남자아이에게 득달같이 달려가 주먹을 휘두르는 마음, 자취 · 연애 · 야한 옷 모두 금지지만 결혼을 안 하는 것도 안 된다는 마음, 이런 '아빠 마음'에 대한 이야기들이 다양하게 오갔고 나를 포함한 많은 이들이 권용득 작가에게 공감했다. "자식을 성별로 지나치게 구분하는 일은 성별로 단속하거나 통제하는 것으로 이어지는 경우가 있다." "단속과 통제는 남자아이를 둔 부모들에게 요구되는 게 마땅하지 않을까."

권용득 작가의 담벼락에 올라온 여러 댓글들을 읽으며, 두 가지가 떠올랐다. 먼저 미국 드라마 〈웨스트월드〉의 한 장면.

"어두워지기 전에 집에 오너라. 연방보안관을 쏴 죽인 노상강도가 아직 저쪽 산에 숨어 있어."

"제가 애도 아니고 괜찮을 거예요."

"내가 집행관이었을 때……."

"네, 아빠. 그때 얘긴 잘 알아요. 저도 알고 제게 청혼하러 왔던 남자들도 잘 알죠."

"녀석들 생각은 뻔하지, 나도 한때 그랬으니. 술도 험하게 마시고 짓궂은 장난도 쳤었지."

"그 거침없던 한량에게 무슨 일이 있었던 거래요?"

"네 아빠가 된 순간 녀석은 사라졌어. 네 덕에 진정한 나를 찾았다. 그러니 아무런 후회도 없어."

"알아요, 아빠. 어두워지기 전에 돌아올게요."

두 번째는 미국 래퍼 나스(Nas)의 노래 〈도터스(Daughters)〉의 가사.

사람들은 말하지, 잘나가는 놈팽이들과 여자들에게 상처를
제일 많이 준 놈들에게
신이 복수를 한다고, 소중한 작은 딸을 안겨주는 걸로
난 이걸 딸을 가진 놈들한테 보내는 노래라고 해
난 이걸 딸을 가진 놈들한테 보내는 노래라고 해
우리의 아들들이 덜 중요하다는 건 아니지만
난 이걸 딸을 가진 놈들한테 보내는 노래라고 해

딸들을 향한 아빠의 마음은

아들들을 향한 엄마의 마음과 비슷하지

아들이 데이트를 하면

정상적인 거라 생각하지, 아버지를 떠나는 거잖아

그런데 딸이 데이트를 하면

우리는 문 뒤에서 총을 들고 기다리잖아

왜냐하면 그 누구에게건 우리의 딸들이 아깝기 때문이야

사랑해

— 출처:흑인 음악 매거진 〈힙합엘이〉, http://HiphopLE.com

뒷골목에서 험하게 살아온 래퍼에게 신이 형벌을 내린다고 한다. 너무나 사랑스럽고 소중한 딸을 주는 것으로. 이건 정말 문학적이고 신화적인 서사 아닌가. 욕설과 폭력이 난무하는 뒷골목 래퍼들의 세계, 말 타고 총 쏘는 거친 서부 개척 시대(사실 〈웨스트월드〉의 배경은 가상현실이라 역사적으로 명확하게 어느 시대라고 말할 수는 없지만 극 중에 등장하는 가상현실도 서부 개척 시대를 차용했음을 짐작케 한다), 하필이면 이런 '남성성 짙은' 두 배경에서 딸에 대한 아빠의 애틋함이 이야기된다는 게 우연처럼 느껴지지 않는다. 한국 사회에 어느 순간 '딸바보'라는 말이 등장하게 된 것, '딸 가진 아빠'의 맹목적 자상함이 놀림을 가장한 찬사의 대상이 된 것도 그 연장이 아닐까 싶다. 보안관이 총 쏘던 시대처럼, 아이들이 '래퍼 아니면 마약상'을 꿈꾼다는 슬럼가처럼,

지금 한국 사회 역시 우리의 딸들이 살아가기엔 너무나 험난한 곳이니까.

내 딸이 너무나 사랑스러워 차라리 형벌처럼 느껴진다는 나스의 고백은 다른 딸들이 어떤 취급을 받고 있는지 알고 있다는 실토에 다름 아니다. 더 나아가 본인이 다른 이의 딸들을 어떻게 대해왔는지에 대한 자백으로도, 이 세상을 더 나은 곳으로 바꾸지 못한 것에 대한 기성세대의 통한으로도 들린다. 나는 우리 사회가 조금이라도 더 진보할 수 있는 지름길은 부모들, 특히 아빠들이 페미니스트가 되는 것이라고 믿는다. 특히나 딸을 둔 아버지라면 더더욱 그래야 한다.

좀 더 솔직하게 말하자면, 딸을 둔 아버지이면서 우리 사회에 만연한 여성 혐오에 대해서 무지하다면, 여성에게 가해지는 위협과 차별이 얼마나 일상적인지 이해하지 못한다면, 왜 이렇게 많은 여성들이 남성의 폭력이나 성폭력에 희생되고 있는지, 대체 왜 이런 범죄가 이렇게도 많은지 진지하게 고민하지 않는다면, 남성과 여성의 권력 격차에 대해 직시하지 않는다면, 그러니까 페미니즘에 대해 공부하지 않는다면 딸의 행복한 인생을 바라는 마음은 진심이겠지만 그걸 이루는 방법은 놓치고 있는 거라고 생각한다. (2015년 국감 자료에 따르면, 데이트 폭력에 의한 살인 사건 피해자가 3일에 한 명꼴로 발생한다고 한다. 이 글을 쓰고 있는 지금도 뉴스에서는 22세 청년이 대로변에서 만취한 채 동갑내기 여자친구를 주먹과 발로 때리고 말리는 시민을 트럭으로 위협해 구속됐다는 보도가 나오고 있다.)

'아빠들이 페미니스트가 돼야 한다'라고 나는 적었다. '페미니즘'이라는 단어가 누군가에게는 거부감을 줄 수도 있다는 것을 안다. 상대가 말하려는 바와 내가 말하려는 내용이 다르지 않음에도 내가 페미니즘이라는 단어를 사용하는 순간 '자신이 얘기하려던 건 그런 게 아니다'라며 예민하고 공격적으로 부정의 뜻을 표현해오는 상황도 여러 번 겪었다. '아빠들이 페미니스트가 돼야 한다'는 말 대신 다른 단어로 완곡하게 표현하는 게 '지혜로울' 수도 있겠지만 나는 굳이 '페미니스트가 돼야 한다'고 쓰고 있다. 나는 페미니즘이라는 단어에 대해 사람들이 거부감을 갖는 이유가 여성이 본인의 권리를 '지나치게' 주장하는 것에 대한 거부감이라는 의혹을 갖고 있다. 이 의심이 해소되지 않는 한, 앞으로도 페미니즘이라는 단어를 최대한 자주, 같은 뜻이라면 기꺼이 이 단어를 사용해서 내 생각을 표현할 작정이다.

이쯤에서 페미니즘이라는 단어에 대한 당신과 나의 정의가 같은지 짚고 넘어가자. 록산 게이는 《나쁜 페미니스트》라는 책에서 본인이 과거에 페미니즘에 대해 가졌던 오해에 대해 재미있고 의미심장하게 표현한다.

그 시절 누가 날 페미니스트라고 불렀을 때 최초로 떠오른 문장은 이것이었다. 왜 그렇지? 나 페미니스트 아니야. 나 남자한테 오럴 섹스 해줄 수 있단 말이야. (중략) 나는 페미니즘을 부인했다. 이 운동에 대한 합리적인 이해가 부족했기 때문이었다. 페미니스트라는 소리를 들으면 이런 말로 들렸다. "너는 성깔 있고 섹스 싫어하고 남성 혐오에 찌든, 여자 같지 않은 여자 사람이야."

페미니스트가 그런 사람이 아니면, 뭐냐고?

다만 나는 여성과 남성의 동등한 권리를 믿는다. 여성에게는 자신의 몸을 지킬 자유가 있고 필요할 때는 복잡한 절차 없이 의료보험의 혜택을 받을 수 있어야 한다고 믿는다. 남녀가 같은 일을 했을 때 동일한 임금을 받아야 한다고 믿는다. (중략) 페미니즘이 어떤 대단한 사상이 아니라 모든 분야에서의 성평등임을 안 순간 페미니즘을 받아들이는 건 놀라울 정도로 쉬워졌다.

페미니즘은 모든 분야에서의 성평등이다. 그러니까 나는 지금 이 땅의 수많은 '딸바보 아빠'들이 '우리 딸들이 다른 아들들과 동등하다고 생각해야 한다'고 말하고 있는 것이다. 여자아이라고 해서 축구를 하지 않을 이유가 없고 경찰 역할을 맡지 못할 이유도 없다. 불필요한 도움을 받을 이유가 없고 '씩씩하다'는 칭찬보다 '예쁘다'는 칭찬을 선호할 이유가 없다. 너무 당연한 말이라고?

그럼 다음 단계. 우리 딸들은 앞으로 살아가면서 '여성이라는 이유로 겪어야 하는 슬픈 일'을, 다소의 차이는 있을지언정 누구나 예외 없이 직면하게 될 것이다. 교복을 입을 즈음부터는 지하철과 버스에서 성추행과 성희롱의 타깃이 될 것이고 사회에 나와선 유리천장에 부딪히며 성역할의 편견에 맞서야 할 것이다. 이걸 설명하기 위해 우리나라의 성평등지수나 성범죄 통계를 근거로 제시할 필요는 없을 터. 바로 여기에 아빠들이 페미니스트가 되어야 하는 이유가 있다. 내 딸이 살아가기에 이 세상은 왜 이렇게 험난한 건지 진지하게 고민하고 공부해야 한다는 말이다.

드라마나 영화에 클리셰처럼 등장하는 장면 중 하나는 아버지들이 예비 사위와 술 대작을 하면서 '내 딸을 지킬 만한 사내인지'를 평가하는 것이다. 우리 아버지도 그러셨다. 처음 남편을 소개하던 날, 아빠가 대뜸 "군대는 어디 다녀왔느냐"고 물으시던 게 기억난다. 하지만 딸을 지키는 보다 근본적이고 궁극적인 길은 '딸을 지켜줄 남자'를 찾는 게 아니라 딸을 해치지 않는 세상을 만들어가는 것이다.

리베카 솔닛은 《남자들은 자꾸 나를 가르치려 든다》라는 책에서 "여학생들에게 공격자로부터 살아남는 방법을 알려주는 데 집중할 뿐 나머지 절반의 학생들에게 공격자가 되지 말라고 이르는 일에는 별로 신경 쓰지 않는" 현실을 비판한다. 나는 이게 권용득 작가의 "단속과 통제는 남자아이를 둔 부모들에게 요구되는 게 마땅하지 않을까"라는 말과 같은 맥락으로 읽힌다.

다시 한 번 리베카 솔닛을 소환해본다. 미국에서는 9초마다 한 번씩 여자가 구타당한다고 한다. 우리나라에도 이런 통계 자료가 있는지 모르겠지만 확연히 덜하리라고 자신할 수 있을까? 그는 폭력이 "내게 상대를 통제할 권리가 있다는 전제에서 시작한다"면서 왜 여성에 대한 남성의 범죄가 이렇게 흔한지 논의할 필요가 있다고 역설한다.

> 만일 우리가 그런 이야기를 나눈다면, 우리는 남성성에 대해서, 혹은 남성의 역할에 대해서, 더 나아가 아마 가부장제에 대해서도 이야기하게 될 것이다. 그러나 우리는 그런 이야기를 별로 나누지 않는다. 그 대신 사람들은 미국 남자들이 남을 살해한 뒤 자살을 저지르는 일은—일주일에 약 12건씩 벌어진다—경기가 나쁘기 때문이라고 말한다. 사실 남자들은 경기가 좋을 때도 그러는데 말이다. (중략) 폭력의 유행병은 늘 젠더가 아닌 다른 것으로 설명된다. 모든 설명들 중에서 가장 광범위한 설명력을 지닌 것으로 보이는 요인을 쏙 뺀 다른 요인들로만.

딸을 세상에 내놓기가 겁난다면, 이 땅에 '나쁜 놈'들이 너무 많다고 느껴진다면 한 번쯤 진지하게 역사 속에서 페미니즘이 이뤄온 것들과 추구하는 가치에 대해 관심을 가져보길 바란다. 폭력은 권력의 문제이고, 성범죄가 만연한 사회상은 당신의 회사에서 벌어지는 크고 작은 차별들과 궤를 같이하기 때문이다. 다른 성을 이해하는 일은 쉽지 않다. 이성애자가 동성애자를 이해하는 일도, 비장애인이 장애인을 이해하는 일도, 원주민이 이주민을 이해하는 일도 마찬가지일 것이다. 알려는 의지를 갖기도 힘들다는 게 더 정확할지도 모른다. 하지만 그게 내가 사랑하는 사람이라면 얘기가 달라지지 않을까. 그런 면에서 '딸의 아빠'들은 상대적으로 유리한 입장이 아닌가 싶다.

사회 곳곳에서 파워를 점유하는 건 대부분 중년 남성들이다. 기득권을 갖고 있는 또는 조만간 갖게 될 사람들, 딸바보 아빠인 그들이 페미니스트가 되었으면 한다. 차별에 예민해졌으면 한다. 딸을 향한 당신의 사랑이 그런 힘을 발휘해서 우리 사회가 보다 진보하길 진심으로 바란다.

비혼,
비출산을 선택한 당신에게

요즘 〈미쓰라의 야간개장〉이라는 프로그램을 맡아 연출하고 있다. 새벽 2시에 방송되는 프로그램으로 에픽하이의 래퍼 미쓰라 씨가 진행한다. 선곡되는 음악들은 주로 힙합, 혹은 힙합이 아니더라도 '힙'한 음악들이고 초대석에는 힙합 뮤지션들이 출연한다. 심야 음악 프로그램이라서 그런지 10~20대 젊은 친구들의 사연이 많다. 얼마 전에는 이런 사연이 왔다. "제가 선택한 길이 맞는지 자꾸 의심이 듭니다. 저보다 뛰어난 사람이 너무 많은 것 같아요. 지금이라도 다른 길을 찾아야 할까요?"

이 질문에 미쓰라 씨는 이렇게 답했다. "제가 지금도 하는 고민이에요. 이 길이 맞을까, 계속 가도 되나, 이게 내가 계속해도 되는 일인가……. 하지만 본인이 좋아서 하는 일이고 자기 의지로 선택한 길이라면 어느 기간까지는 그 선택에 책임을 져야 한다고 생각해요. 재능 넘치는 사람? 그거야 어느 분야에든 많죠. 그거 의식하면 아무것도 못 해요. 그냥, '저 사람은 저렇네. 좋겠다' 하고 넘겨야 해요. 그리고 솔직히 말하면, 저는 이제 와서 다른 길을 찾기에는 너무 멀리 왔어요. 새로운 걸 찾는 것보단 제가 지금까지 걸어온 길을 가는 게 더 나아요. 가다 보면, 무언가 있겠죠. 그게 뭔지는 저도 잘 몰라요. 뭔지 모를 무언가를 상상하면서 ○○님도 저도, 그냥 가는 거예요. 그게 삶 아니겠어요?"

에픽하이는 데뷔한 지 14년이 넘었고 미쓰라 씨가 음악을 시작한 건 그보다 2~3년 더 되었다. 정규 앨범만 아홉 장을 냈고 히트곡도 많다. 세어보진 않았지만 저작권협회에 등록된 곡 수가 200곡이 넘을 거라고 했다. 그런 그가 하는 말이라서 그런지, 무게가 달랐다. 이 길이 맞을까, 지금도 고민합니다. 저 너머에 있는 게 뭘지, 저도 잘 모르겠습니다. 그냥 가는 겁니다. 계속 나아가는 겁니다. 그게 삶이라고 생각합니다……. 그래도 연예인인데 저렇게까지 솔직하게 말해도 되나 싶을 만큼 속마음을 까뒤집어 보여준 대답이었다. (우리 DJ가 이렇습니다, 여러분. 새벽 2시 MBC FM4U, 〈미쓰라의 야간개장〉입니다.)

미쓰라 씨의 이야기를 들으며, 내가 지금껏 했던 가장 큰 선택, 결혼에 대해 생각했다. 지금 쓰고 있는 이 책은 아마 '육아' 서적으로 분류될 것이다. 그래서 꼭 넣고 싶다고 생각한 이야기가 있다.

나는 가끔 결혼한 것을 후회한다. 결혼하지 않았으면 어땠을까 상상한다. 결혼은 하되 아이를 낳지 않았으면 어땠을까도 가끔은 상상한다. 다른 행복과 다른 고통을 감당하면서 살아갔을 것이다. 그게 내가 지금 겪고 있는 행복이나 고통보다 더 나은지 어떤지, 그런 비교는 무의미하다. 내 동생을 비롯한 가까운 친구들 중에 많은 수가 아직 결혼하지 않았고 앞으로도 할 생각이 없다. 결혼은 했지만 아이를 낳지 않겠다는 친구도 꽤 된다. 나는 결혼을 했고 두 아이를 낳았다. 이 길이 맞는지, 내가 좋은 선택을 했는지, 계속 가면 뭐가 있는지 나는 잘 모른다. 그건 비혼이나 비출산을 선택한 사람도 마찬가지다. 이걸 감당할지 저걸 감당할지, 이 행복을 누릴지 저 행복을 누릴지, 그저 결정할 뿐이다.

오늘 하율이에게 먹일 돈가스를 만들다가 기름이 발등에 튀었다. 놀랐고 아팠다. 최근 2주 정도 나와 남편이 동시에 바빠서 몸도 마음도 피폐해진 상태였다. 어젯밤에는 둘 다 예민해져서 부부싸움 직전까지 갔다. 이 와중에 애에게 밥을 먹이겠다고 돈가스를 튀기는데 화상까지 입다니, 대체 세상이 나한테 왜 이러나 싶은 게 와락 신경질이 났다. 그러다 문득 몇 년 전 같이 일하던 작가(당시엔 싱글이었고 지금은 아이 엄마가 되었다)가 했던 말이 생각났다. 자취방에서 혼자 밥을 먹으면서 함께 붙어 있는 깻잎을 젓가락으로 집었는데 그걸 떼어줄 사람이 없는 게 그렇게 서럽더란다. 붙어 있는 깻잎을 집어 올리다가 울거나 돈가스를 튀기다가 울거나, 인생은 어차피 눈물바다인 것은 아닐까.

나는 비혼과 비출산을 선택한 당신을 응원한다. 지지한다. 그 선택에 따르는 행복을 충만하게 누리길 기원한다. 책 출간을 준비하면서 이 말을 꼭 하고 싶었다. 그럴듯한 직장에 다니며 결혼해서 아이 둘을 낳고 사는, 당신들의 부모님이 부러워할 그 '멀쩡한 여자'가 하는 말이다. 결혼이 사랑의 완성이 아니듯 아이는 행복의 증명이 아니며, 당신이 선택에 따르는 무게를 감당하는 딱 그만큼 나 역시 내 선택의 대가를 치르며 살고 있다. 내가 '아이를 낳아 기르는 행복'을 늘어놓듯이, 비혼의 자유를 누리는 사람들 역시 그만의 행복을 나열해 보일 수 있을 것이다. 내 글이 '결혼과 출산이 정상적인 삶'이라는 사회적 편견을 공고화하는 데 일조하기를 결코 바라지 않는다.

내 남편은 집안일에 절반 이상 참여하는 합리적인 남자이고 육아에도 적극적이다. 시댁 스트레스도 없는 편이다. 아이들은 사랑스럽다. 그럼에도 나는 가끔 내 인생에 이렇게 찰싹 달라붙어 있는 존재들이 너무 부담스러워서 결혼하지 않은 내 인생은 어땠을까 상상하며 울컥한다. 아마 결혼하지 않기로 한 사람들도 나처럼 가끔 행복하고, 가끔 후회하며, 그래도 각자의 삶을 앞으로 밀고 나가게 될 것이다. 삶이 버거운 어떤 순간을 만날 때, 당신이 '내가 결혼을 안 해서 이런가?', '내가 아이를 안 낳아서 그런가?'라는 생각은 안 했으면 좋겠다. 나도 '아이 때문에 이렇게 힘든가?'라는 생각은 하지 않을 테니. 우리 모두 삶이 주는 버거움을 잘 감당해보자. 깻잎이든 돈가스든, 선택한 걸 맛있게 먹으면서.

아이들이 비밀을 갖게 될 때

남편이 육아휴직을 했다. 휴직이긴 하지만 사실 퇴사를 강하게 염두에 둔 결정이다. 이런저런 이유로 그는 퇴사를 결심했고 숨 고르기 차원에서 휴직을 신청한 것이다. 남편이 '퇴직'이라는 카드를 만지작거리기 시작한 건 꽤 오래되었다. 마음을 굳힌 건 석 달 전쯤이다. (맞다. '메리언의 안경' 사건 때 결심한 걸 드디어 실행에 옮겼다.)

쉽지 않은 결정이었다. 이 결정을 하면서 그와 나는 정말 많은 생각을 했다. 경제 상황에 대한 고민이 물론 가장 컸지만 그건 아주 기초적인, 첫 단계의 고민일 뿐이었다. 회사를 그만두겠다는 결정을 우리 스스로에게 납득시키는 과정에서 대화는 종종 쓸데없이 진지해졌다. 한국 기업 조직의 생리와 한계에 대해서, '나'라는 인간이 갖고 있는 자본 중 가장 교환가치가 높은 것은 무엇인지에 대해서, 어떤 식으로 돈을 버는 것이 나은 방식인가에 대해서, 인생의 가치에 대해서 등등. 이런 뜬구름 잡는 이야기를 우리는 자주 나눴고 남편은 몇몇 가까운 지인들에게도 고민을 털어놓았다.

휴직 혹은 퇴직을 실행에 옮기기 위해 준비해야 할 것들이 몇 가지 있었다. 그중 하나는 '시어머님께 어떻게 말씀드릴 것인가'

였다. 그건 내가 전혀 예상치 못한 지점이었다. 남편은 도무지 어머님께 회사를 그만둔다는 말을 할 수가 없다고, 입이 안 떨어진다고 했다. 육아휴직을 하는 동안 다음 행보의 발판을 다지고 나서 "이 일이 잘돼서 회사를 그만두기로 했다"고 말씀드리겠다고 했다. 실제로 시어머니는 휴직 결정에 대해 걱정을 많이 하셨다. 회사에서 얼마나 마음 상하는 일이 있었기에 그러느냐며, 아무리 그래도 휴직은 아닌 것 같다고 내게 말려보라고 말씀하셨다.

마지막 출근을 했던 날, 남편은 같은 부서 동료들에게 받았다며 이런저런 선물과 손편지를 수십여 장 가져왔다. 남편이 참 정 많은 사람들과 일해왔음을, 그 역시 그리 나쁜 동료는 아니었음을 느낄 수 있었다. 편지에는 그의 일이 잘되길 빌어주는 진심 어린 마음이 따뜻하게 담겨 있었다. 편지들을 읽으며 나는 시어머니를 떠올렸다. 남편의 인생에서 손에 꼽을 만큼 중요한 결정을 내리는 데 어머니가 고민을 나누기에 적절한 존재가 아니라는 사실이 마음을 선뜩하게 했다. 꼬박 10년을 다닌 회사를 그만두는 순간은, 남편의 표현에 따르면, '인생의 한 페이지가 넘어가는 날'이었다. 아내와 친구들, 그리고 직장 동료들은 알고 있는 그 페이지를 어머니는 몰랐다. 잠깐의 휴식이라고, 요즘은 시대가 바뀌어서 육아휴직을 하는 아빠들도 많다고, 별일 아니라고 우리는 시어머님을 안심시켜드렸다.

나도 그랬다. 이 책을 출간하기로 결정하고 본격적으로 원고를 쓰면서 나는 엄마와 시어머님에게 책 출간을 비밀로 해야겠다고 결심했었다. 부모님들이 읽으시면 기함할 만한 이야기들이 너무 많았기 때문이다. 하율이를 가졌을 때 처음 했던 생각, 술 담배를 즐기는 생활, 시어머님에게 품고 있는 내 무거운 마음들을 도무지 부모님이 알게 할 수는 없었다. 그분들께 너무 큰 상처가 될 테니까. 우리 딸이, 우리 며느리가 책을 썼다고 자랑했다가 그게 고스란히 교회 권사님들 모임의 '기도 제목'이 되는 상황이 김병욱 감독의 시트콤 장면처럼 상상되었다. 모르시게 하는 게 낫겠다고 나와 남편은 결론 내렸다.

그런데 책을 쓰는 동안 엄마가 돌아가셨다. 우리 엄마는 하늘에 계시기 때문에 내가 쓴 책을 보실 수 있게 됐다. 《나는 가해자의 엄마입니다》라는 책을 읽으며 부모가 자식을 안다는 것이 불가능하다는 사실을 충격적으로 깨달았는데 바로 내가, 내 남편이 그랬다. 우리 어머니들은 자식을 모른다.

봉준호 감독의 영화 〈옥자〉를 보았다. '미란도 그룹'이라는 다국적기업에서 유전자 조작으로 만들어낸 슈퍼 돼지 열 마리를 세계 각국의 축산 농가에 분양한 후 10년이 지나 '슈퍼 돼지 콘테스트'를 위해 그룹 사람들이 농가들을 방문한다. 그중 하나가 슈퍼 돼지 '옥자'가 살고 있는 '미자'네 집이다. 할아버지 '희봉'과 손녀 '미자'는 깊은 산속에서 10년간 옥자와 함께 살았다. 미란도 그룹에서 옥자를 데리러 왔을 때 할아버지는 “엄마 아빠 산소에 가자”며 미자를 데리고 자리를 피한다. 마치 미자가 미란도 그룹 사람들에게 격렬히 저항할 것을 예상하고 손을 쓰는 것처럼. 뒤늦게 미자가 할아버지에게 화를 내며 옥자를 찾으러 서울로 가겠다고 하자 할아버지는 말한다. 죽어서 안심, 등심, 목살, 삼겹살이 되는 것, 그게 돼지의 팔자라고. 이 장면을 보며 나는 참 의아했다. 왜 할아버지는 순순히 옥자를 내어주고 미자는 옥자와의 이별을 받아들이지 못했을까. 옥자와 10년의 세월을 함께 보낸 건 할아버지나 손녀나 마찬가지인데 왜 그럴까. 팔자라는 말을 알아버린 나이와 그걸 이해하지 못하는 나이의 차이, 부모 세대와 자식 세대의 차이인 것일까.

이동진 평론가의 〈옥자〉 리뷰에 따르면(《이동진의 어바웃 시네마》, '〈옥자〉 횃불이 아니라 불씨' 참고) '미자와 옥자는 그들을 둘러싼 세상으로부터 철저히 끊겨 있'는데, 이건 '미자와 옥자 편이라고 할 수 있는 사람들조차 예외가 아니'라서 할아버지 희봉이 마이크와 스피커까지 동원해 미자를 부르지만 미자와 옥자는 잠들어 있어서 듣지 못한다. 미자와 옥자의 편이지만 그네들에게 가 닿지 못하는 인물이 희봉이다. 영화 속에서 할아버지는 손녀를 위해 닭을 잡아 백숙을 끓인다. 생명의 소중함과 존엄을 이야기하는 영화에서 손녀를 먹이기 위해 백숙을 끓이는 것이 할아버지의 역할인 것이다(이건 내 눈에 매운탕을 끓이기 위해 물고기를 잡으면서도 작은 고기는 풀어주는 미자의 행동과 대조적으로 보였다).

옥자를 찾아 서울로, 미국으로 떠나는 미자는 관객에게 화려한 액션과 극적인 드라마를 몇 번이나 보여준 끝에 옥자와 함께 할아버지가 살고 있는 산으로 돌아오게 된다. 할아버지와 미자가 평소처럼 소박한 밥상을 마주하고 그 모습을 뒤에서 옥자가 바라보는 것으로 영화는 끝이 나는데, 이건 봉준호 감독의 다른 영화 〈괴물〉의 마지막 장면을 연상케 했다. 하지만 두 장면이 결정적으로 다른 게 있다. 희봉은 미자가 서울과 미국에서 겪은 일들을 끝내 알 수 없을 거라는 점이다. 〈괴물〉의 밥상에는 모든 것을 함께 겪어낸 두 '동지'의 공감이 있지만 〈옥자〉에서 희봉은 끝내 무지하다.

〈옥자〉를 보며 생각했다. 하율이와 하린이가 주인공인 영화에서 나는 조연일 거라고. 내가 주인공인 영화에서 내 부모님의 비중이 크지 않은 것처럼 말이다. 나는 기를 쓰고 자식을 먹이고 키우겠지만 바로 내가 하율이와 하린이가 세상을 향해 모험을 떠나는 계기가 될 것이며, 그들에게 벌어지는 중요한 일들을 나는 알 수 없을 것이다.

부모는 자식을 다 알 수 없다. 어쩌면 당연한 얘기다. 인간이 타인을 완벽히 이해하는 일은 애초에 불가능할진대, 유독 자식에 대해서만 '내가 너를 다 안다'고 자신하는 건 오만이다. 다만

이 오만이 사랑에서 비롯됐다는 게 슬프다. 자식이 철이 들수록, 그러니까 부모의 사랑이 얼마나 큰지 알게 될수록 부모에게 말하지 않는 영역이 늘어간다. 서로를 사랑하고 배려할수록 비밀이 늘어가는 모순.

하율이와 하린이가 내가 받아들이기 힘든 비밀을 갖게 될 경우를 상상해보았다. 이를테면 내 딸이 성소수자라면 어떨까. 나는 내게 말을 해주길 바라게 될까, 아니면 끝까지 비밀로 하고 마음 편하게 해주길 바라게 될까. 나는 부모님들께 후자의 액션을 취하고 있지만 내 딸은 내게 전자이길 바란다. 이 역시 모순.

부모와 자식의 관계는 얼마나 애처로운가. 이 모든 것은 감당할 수 없을 만큼 큰 사랑을 하고 있기 때문에 벌어진다. 애초에 자식을 향한 부모의 사랑은 인간이 품을 수 있는 크기가 아닌 건지도 모른다. 신의 열매를 탐한 아담처럼, 신의 사랑을 하게 된 인간도 형벌과 같은 후폭풍을 감내해야 하는 것일까.

너의 마음이
내 마음이라고

엄마가 돌아가신 지 두 달이 되어간다. 엄마가 너무 보고 싶다. 전화해서 목소리를 듣고 싶다. 취재 가고 있다고, 하린이가 아프다고, 하율이 먹이라고 담가주신 물김치가 시어버렸다고 이야기하고 싶다. 그 맑고 낮고 안정감 있는 목소리로, 취재 잘하고 오라고, 하린이 약 챙겨 먹이라고, 새로 담가줄 테니 시어버린 김치는 버리라고……. 그런 자잘한 이야기들을 듣고 싶다. 일상 속에서 순간순간 파도처럼 덮쳐오는 그리움에 차마 맞설 엄두도 내지 못하고 그대로 삼켜지면서 살고 있다. 백전백패. 속수무책. 늘 맥을 못 추고 당한다.

이 와중에 하율이 담임 선생님께 하율이가 어린이집에서 갑자기 '외할머니가 보고 싶다'며 울음을 터뜨렸다는 이야기를 들었다. "외할머니가 돌아가셨는데, 엄마는 열 번 울었고, 이모는 열다섯 번 울었고, 아빠는 여덟 번 울었어요"라고 하더란다. 제 딴에는 어른들이 모두 우는 모습이 충격적이었나 보다. 지지난 주엔가, 친정집에 가는 차 안에서 하율이가 "우리, 외할머니 집 가는 거야"라고 말하다가 슬그머니 내 눈치를 보더니, "……이모 집 가는 거야……"라고 정정하는 걸 들었다. '외할머니 집'에서 '이모 집'으로 단어를 고르면서 하율이는 무얼 느낀 걸까. 본능

적으로 내 표정을 살피던 그 어린것의 마음은 대체 무엇인지. 토끼 같고 사슴 같은 그 눈, 겁먹은 초식동물 같던 그 눈빛이 자꾸만 떠올라 마음을 무겁게 한다.

지난주, 서천석 선생님과의 술자리에서 그 얘기를 꺼냈다. 말할 생각은 없었는데, 아니, 누군가에게 엄마에 대한 나의 그리움이나 하율이의 당황스러운 말에 대해 이야기할 수 있을 거라고 생각한 적은 없었는데, 아마도 술기운이었나 보다.

내 질문은 이거였다. 하율이가 외할머니가 보고 싶다고 말할 때 내가 뭐라고 해야 할지 모르겠다, 그런데 그건 엄마가 보고 싶을 때 내가 어떻게 해야 할지 모르기 때문이다. 사랑하는 사람의 죽음, 누구나 겪게 되는 이 보편적인 슬픔, 보편적이라는 게 믿어지지 않을 정도로 잔인하고 아픈 이 불행을, 우리는 어떻게 당해야 하는가. 이 감정을 어떻게 겪어내는 것이 바람직한가. 누구든 살면서 예외 없이 겪게 될 일인데 이 시간을 어떻게 보내야 하는지 나는 왜 배운 적이 없는가.

이게 누구에게 물을 수 있는 물음인지 모르겠지만 내 기준으로는 거의 모든 것에 대한 답을 갖고 있는 어른처럼 보이는 서천석 선생님 앞에서 하소연인 듯 술주정인 듯, 그냥 한번 물어보았다.

선생님이 해주신 이야기 두 가지가 술이 깨고 나서도 계속 머릿속에 남는다. 하나는, 아이가 보이는 감정적인 반응을 어른의 기준에서 생각하지 말라는 것이다. 외할머니가 정말 보고 싶어서 울었을 수도 있지만 다른 이유로 울었을 수도 있다는 얘기다. 이를테면 그런 이야기를 했을 때 어른들이 자기 이야기를 집중해서 들어준다거나 '에고, 어린것이 얼마나 할머니가 생각날까……' 하며 안타까운 눈빛으로 봐준다거나 하는 반응을 누리고 싶은 것일 수도 있다고 한다.

그럴 수도 있겠다 싶다. 하율이가 그렇다는 것이 아니라 내가 하율이의 의도를 제대로 살핀 적이 없다는 뜻이다. 내가 그립고 슬픈 감정이 너무도 강렬해서 당연히 아이도 그러리라고 생각했을 뿐, 하율이가 보이는 반응의 정체가 뭔지 관찰할 생각은 못 했다. 그런데 나의 어린 시절을 생각해보면, '어른들의 반응이 좋아서 짐짓 그런 척 감정을 표현하는 것'이 무엇인지, 충분히 이해가 된다.

두 번째는, 우리는 일상적으로 겪는 감정들을 너무 가볍게 취급하는 경향이 있다는 이야기였다. 한국 사회는 일반적으로 일을 더 중요하게 여기고, 감정은 상대적으로 덜 중요하게 생각한다. 하지만 성숙한 사회일수록 개인이 일상적으로 경험하는 감정들을 하찮게 보지 않는다고 한다.

얼마 전 아홉 살짜리 딸아이를 둔 어떤 남자 선배가 6개월간의 육아휴직을 마치고 돌아왔다. 그가 이런 말을 했다. 본인은 딸이랑 꽤 잘 놀아주는 아빠라고 생각했는데 육아휴직을 하고 딸과 매일 함께 지내다 보니, 그동안 '주말부부'처럼 살았다는 생각이 든다고. 딸과 잘 놀아준다고 해봤자 주말에 같이 시간을 보내는 것이 고작이지, 매일의 일상을 공유하는 데는 한계가 있었다는 것이다.

그 선배의 말과 서천석 선생님의 말이 합쳐지면서 내 안에서 이런 이론이 완성되었다. 매일의 사소한 일상, 거기서 느끼는 크고 작은 감정들이 중요하다고. 아침에 눈뜰 때 좀 더 누워 있을까 말까 망설이는 것, 바쁜데 꼼지락거린다고 잔소리하는 것, 맛있는 반찬이 없다고 투정하는 것, 저녁에 돈가스를 만들어주겠다고 달래는 것, 그러면서 오락가락하는 감정, 감정, 감정. 그런 사소한 감정들……. 카프카도 말하지 않았나. "일상, 그것이 우리가 가진 유일한 인생이다"라고.

내가 서천석 선생님의 책 중에서 가장 좋아하는 책은《아이와 함께 자라는 부모》다. '키운다', '가르친다'는 일방의 어휘가 아니라 삶의 여러 사건들을 함께 겪어내면서 성장하는 동반자 내지 가족으로서의 부모 자식 관계를 하나의 잠언처럼 아주 잘 표현한 제목이라고 생각한다. 나는 엄마를, 하율이는 외할머니를 잃었다. '부재'라는 건 어느 날 벌어지는 사건이 아니다. 시간을 두고 천천히, 일상적으로, 집요하게 닥쳐오는 일이다. 엄마의 죽음은 매일매일 벌어진다. '외할머니 집'을 '이모 집'이라고 바꿔 말해야 하는 순간처럼 그건 너무도 느닷없이 우리를 찾아온다. 나도 하율이도, 이런 종류의 슬픔은 태어나서 처음 겪어본다. 그래서 이 책의 제목이 내겐 새삼 의미 있게 느껴진다.

아이와 함께 자라는 부모.

하율이와 함께 살아가는 나.

인생에 닥쳐오는 이런저런 사건들을 함께 겪어내는 관계. 가족. 친구. 동반자.

외할머니가 보고 싶다고 울 때 꼭 안아주면서 "엄마도 그래"라고 말하는 것밖에 할 수 없는, 아니, 그렇게 할 수 있어서, 너의 그 마음이 내 마음이라고 말할 수 있어서 위로가 되는, 나와 내 딸…….

아이가 내 삶에 온 지 5년 만에 나는 인생에서 그런 존재를 갖게 됐다. 외할머니가 보고 싶기도 하고, 그렇게 말할 때마다 선생님이 걱정스러운 표정으로 바라봐주는 게 달콤하기도 하고……. 그래서 눈물을 쏟는 하율이의 복잡한 속내를 짐작하며, 나는 내 아이의 다섯 살 한 토막을 들여다보는 기쁨을 누리고 있다. 소소하지만 중요한 기쁨.

누구도 불편하게 하지 않는 글

브런치 계정에 '노키즈존'이라는 제목의 글을 올린 다음날, 허프포스트에도 글이 게재되었습니다. 그날은 어린이날이었죠. 아이들을 데리고 물놀이를 갔던 터라 하루 종일 휴대전화를 보지 못했습니다. 저녁이 다 되어 휴대전화를 확인했더니 페이스북과 브런치 댓글 알람이 잔뜩 떠 있더군요. 이게 무슨 일인가 싶었습니다. 줄줄이 달린 댓글들을 하나하나 읽는 동안 긴장, 공포, 분노, 우울의 감정이 차례로 지나갔습니다. 그것도 아주 강하게 말이죠.

그동안 제가 썼던 글들 중 부정적인 댓글이 가장 많이 달린 게 이 글입니다. 내용에 대한 반박뿐 아니라 저 개인에 대한 비난도 적지 않았습니다. 저는 처음으로 글을 쓰는 마음가짐에 대해 진지하게 고민하게 됐습니다. 이전까지는 친구에게 얘기하듯, SNS에 끼적이듯 나의 표현 욕구를 해소하는 게 가장 중요한 글쓰기 동기였는데 2년여가 지나고 나서야 뒤늦게 내 생각을 공개적으로 말하는 게 어떤 일인지 알게 된 것입니다. 그건 내 설익은 생각,

얕은 지식, 볼품없는 인격이 모조리 드러난다는 뜻이었습니다. 난생처음 겪어보는 많은 사람들의 격렬한 반응 앞에서 저는 제게 '글 쓰는 사람'이라는 또 하나의 사회적 자아가 생겼다는 사실을 인정하지 않을 수 없었습니다.

'노키즈존' 이후 다음 글을 올리기까지 평소보다 시간이 많이 걸렸습니다. 진도가 참 안 나가더군요. 글을 쓰면서 계속 읽는 사람들의 반응을 상상하게 됐고 논리적인 흠결은 없는지 긴장하며 체크하게 됐습니다. 가까운 지인에게 글을 보여주면서 물어보기도 했어요. "어때? 위험한 부분은 없는 것 같아? 사람들이 화내거나 불편해하지 않을까?" 위축돼 있는 제게 다시 한 번 MBC 드라마 PD인 김민식 선배의 조언이 도움이 됐습니다. "누구도 불편하게 하지 않는 글, 그게 과연 좋은 글일까? 그런 글을 쓰는 게, 의미가 있겠어?"

글을 쓰는 것, 특히 사회적인 이슈에 대해 의견을 말하는 것은 참 부담스러운 일입니다. 망신당할까 봐, 사람들이 화를 낼까 봐, 그런 것도 모르냐며 비웃을까 봐, '그런 것'도 모르는 스스로가 싫어질까 봐 걱정이 되죠. 그러면서도 한편으로는 얘기하고 싶어 견딜 수 없는 마음이 있습니다. 내 마음을 답답하게 하고 불편하게 하는 우리 사회의 모습들을 목격할 때면 잠자고 있던 '포효 본능'이 울컥하고 올라오는 기분입니다. 가수 이효리 씨가 그랬죠. "유명하지만 조용히 살고 싶고 조용히 살지만 잊히기는 싫다." 커티스 시튼펠트의 소설 《사립학교 아이들》에는 이런 문장이 나옵니다. "나는 늘 누군가가 나를 발견할까 봐 두려웠고, 막상 아무도 나를 발견해주지 않으면 서글펐다." 공개적으로 목소리를 내는 것에 대한 마음도 비슷합니다. 참기 힘든 강렬한 감정이 치받쳐 올라 키보드를 두드리기 시작하지만 이내 자신이 없어집니다. '욕을 먹을 것 같은데 그냥 접자'라고 생각하면 또 표현하고 싶은 욕망이 불끈거려 견디기가 힘들죠. 그 사이에서 서성이다가 어떤 글은 완성하고 어떤 글은 끝내 컴퓨터 폴더 안에 잠재웁니다.

저는 요즘 힙합 음악이 많이 나가는 프로그램을 연출하고 있습니다. 장르 특성상 가사에 욕설이 들어간 노래가 많다 보니 가사를 들여다보며 위험한 단어를 걸러내는 데 시간을 많이 씁니다. 행여 방송에 부적절한 단어가 전파를 타게 되면 심의 규정 위반으로 제재를 받을 수 있거든요. 한참 그러고 있노라면 '욕 없는 노래'를 찾는 게 지상 과제처럼 느껴집니다. 제 업무는 좋은 프로그램을 만들어 사람들을 즐겁게 하는 것이지, 심의에 걸리지 않는 게 아님에도 말이죠. 좋은 노래를 들으면서도 '욕이 있나 없나'에만 골몰한 제 모습을 보면서 뭔가 잘못됐다는 생각이 들었습니다.

프로그램을 만드는 목적은 방송 사고를 내지 않는 게 아닙니다. 글을 쓰는 목적은 욕을 먹지 않는 게 아니죠. 삶의 목적이 실수하지 않는 게 아닌 것처럼 말입니다. 심의에 걸리지 않았다는 사실에 안심하고 만족하는 것, 글을 쓰면서 욕을 먹을까에만 지나치게 신경 쓰는 것, 실수할까 걱정하느라 삶을 제대로 즐기지 못하는 것, 그런 게 진짜 피해야 하는 모습일 겁니다.

하고 싶은 말이 있는 한, 계속 글을 쓰기로 마음먹었습니다. 저의 빈약한 지식과 얕은 생각이 드러나 망신을 당할 수도 있겠지만 그래도 쓰지 않는 것보다는 쓰는 편이 낫다고 생각합니다. 망신당할 사람이라면, 망신을 당하는 게 맞지 않을까 싶거든요. 아무 말도 하지 않음으로써 얕음을 들키지 않는 것, 그게 무슨 의미가 있겠습니까. 더 깊은 사람이 되는 게 근본적인 해결책이겠지요.

자꾸 숨고 싶고 도망가고 싶지만 오늘도 컴퓨터 앞에서 스스로를 독려합니다. 상처가 두려워 사랑하지 않는 것만큼이나 비판이 두려워 말하지 않는 건 바보 같은 거라고요. 아이를 키우는 부모의 입장이 어떤 것인지, 일하는 엄마가 이 사회에서 겪게 되는 일은 무엇인지, 나는 무엇이 불편하고 우리 공동체가 어떤 방향으로 나아가길 원하는지, 표현하고, 반론을 듣고, 대화를 나누고 싶습니다. 내가 결론을 내거나 해결책을 만들어야 하는 것도 아니고 그저 내 감정과 생각을 표현하는 것인데, 그 정도 용기는 내려고 합니다.

사진첩

내가 좋아하는
너는 언제나

오늘은 네 속도에 맞춰볼게

하율이와 있을 때 내가 제일 많이
하는 말은 '얼른', '빨리'다.
오늘은 하율이와 손잡고 집을 나서며
"어린이집에 도착할 때까지
'빨리'라는 말을 한 번도
하지 말아보자"
마음먹었다.

등원하는 내내 하율이는 엄청 바쁘다.
나뭇가지 주워서 땅에 심고,
민들레 홀씨 꺾어서 불고,
지도 보면서 길 설명해주고.
"빨리 가자"는 말이 목까지 차올라
몇 번의 위기가 있었지만
끝까지 잘 참았다.

어린이집에 도착해 시계를 보니
30분 걸렸다.
'빨리'를 연발하던 평소와
크게 다르지 않은 시간이었다.

아이러니

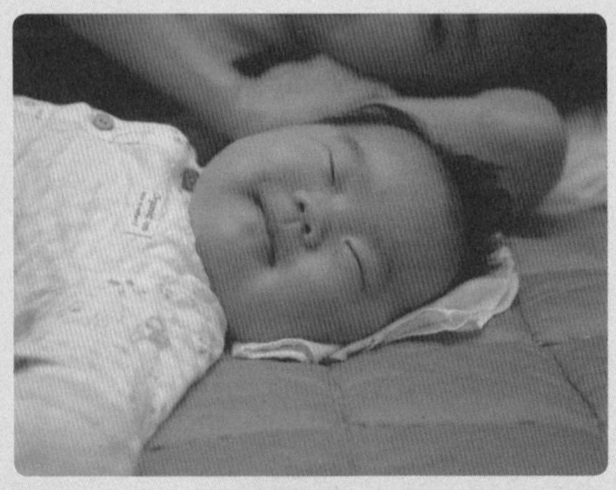

자면 깨우고 싶고
깨 있으면 재우고 싶은,
육아의 아이러니.

내가 너를 재우는지, 네가 나를 재우는지

아이를 돌보는 건
진짜 진짜 재미있고
진짜 진짜 힘들다.

쓸데없는 일

육아휴직 기간 동안 종종 한적한 카페에 앉아 그림을 그렸다.
쓱싹쓱싹. 색연필 움직이는 소리를 듣는 가운데 깨달은 게 있다.
진짜 즐거움은 쓸데없는 일을 할 때 오는구나.
나는 그동안 쓸데 있는 일만 했었구나.

달팽이

상암동에도 비 오는 날이면 달팽이가 나온다는 사실을,
나는 육아휴직을 하고 나서 처음 알았다.

“우리 동생이에요. 이빨도 났어요!”

“큰애가 질투 안 해요? 괜찮아요?”
이건 둘째가 태어나기 전,
나도 무척 궁금했던 질문이다.
질투, 한다. 그런데 예뻐하기도 한다.
그 모든 게 동생을 바라보는 하율이의 감정이다.
예쁘고 신기하고 귀여운데, 질투도 나고 빨리 같이 놀고도 싶은.

화장 고치고 올게

매년 하율이 생일 즈음에 성장 앨범 겸 가족사진 겸
셀프 스튜디오에서 사진을 찍는다.
한참 찍다가 내가 남편에게 말했다.
"나 화장 좀 고치고 올게."
그 말을 들은 하율이가 하는 말,
"왜? 고장 났어?"
…… 응 …… 엄마 얼굴이 자꾸 고장 나…….

무슨 색깔 좋아해요?

〈로보카 폴리〉라는 만화에서 하율이가 가장 좋아하는 캐릭터는
'로이'다.
하율이가 빨간색을 좋아하는데, 로이가 빨간색이기 때문이다.
주인공 '폴리'도 아니고, 여자 멤버 '엠버'도 아닌,
빨간색의 로이를 좋아하는 하율이.
요즘 하율이는 처음 만나는 사람에게 제일 먼저 이렇게 묻는다.
"아줌마는 무슨 색깔 좋아해요?"
엄마에게 친구를 소개해줄 때도 마찬가지다.
"엄마, 얘가 지인이야. 지인이는 초록색을 좋아해."

직업이 뭔지, 어느 동네에 사는지, 자가인지 전세인지,
차는 뭔지를 궁금해하는 나와
좋아하는 색깔이 뭔지를 묻는 하율이.

경이로운 일

처음 뒤집었을 때 제풀에 놀라 와앙, 울음을 터뜨리던 게
얼마 전 같은데,
어느새 엎드리고, 기고, 서고, 이젠 제법 아장아장 걷는다.
금방이라도 넘어질 듯 위태로운 것도 잠깐,
터져 나오는 웃음을 참지 못하며
이토록 환하게 공원을 휘젓고 다니는 너.

마음의 준비

지금은 네가 내 등을 보며 울고 있지만,
곧 내가 너의 뒷모습을 보는 일이 훨씬 많아지겠지.

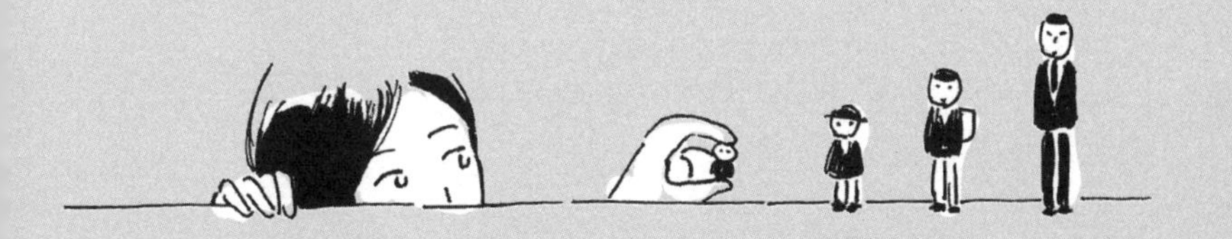

처음부터 엄마는 아니었어

초판 1쇄 발행 2017년 11월 22일
초판 7쇄 발행 2020년 6월 5일

지은이 ㅣ 장수연
발행인 ㅣ 김형보
편집 ㅣ 최윤경, 박민지, 강태영, 이환희
마케팅 ㅣ 이연실, 김사룡, 이하영
경영지원 ㅣ 최윤영

발행처 ㅣ 어크로스출판그룹(주)
출판신고 ㅣ 2018년 12월 20일 제 2018-000339호
주소 ㅣ 서울시 마포구 양화로10길 50 마이빌딩 3층
전화 ㅣ 070-8724-4113(편집) 070-8724-5871(영업) 팩스 ㅣ 02-6085-7676
e-mail ㅣ across@acrossbook.com

ISBN 979-11-6056-032-9 03810

이 도서의 국립중앙도서관 출판시도서목록(CIP)은 e-CIP홈페이지(http://www.nl.go.kr/ecip)에서 이용하실 수 있습니다. (CIP제어번호 : CIP2017029031)

만든 사람들
편집 ㅣ 강태영
교정교열 ㅣ 윤정숙
디자인 ㅣ 김아가다
조판 ㅣ 성인기획
일러스트 ㅣ Ishiyama Sayaka